Langenscheidt

Lorimer, Bergmann & Nellson

The Mystery of the Yellow Diamond –
Das Geheimnis des gelben Diamanten

von Ina May

Langenscheidt

Berlin · München · Wien · Zürich · New York

Lektorat: Marion Schweizer
Englischsprachiges Lektorat: Stephen Roche
Coverzeichnung: Gerhard Straeter

Thanks a million!
Luisa Hartmann, Bettina von Cossel,
Michael Stang

www.langenscheidt.de

Umwelthinweis:
gedruckt auf chlorfrei gebleichtem Papier

Satz: Franzis print & media GmbH, München
Druck: Mercedes-Druck, Berlin
Printed in Germany

ISBN 978-3-468-20551-4

09010

Inhalt

Darren in Nöten

"Wow, it can't get any better than this", schwärmte Darren Lorimer und stieß einen anerkennenden Pfiff aus. "Isn't it great that Goldwin's parents let us sleep in the room with the big **four-poster bed?**" Fasziniert starrte er auf das riesige Himmelbett, als könnte er es noch nicht fassen, dass er die kommenden Nächte darin schlafen würde.

four-poster bed Himmelbett
to carve sth etw schnitzen
headboard Kopfteil
king-sized extragroß
to be into sth sich für etw interessieren
certainly bestimmt

"Look at the crown **carved** into the **headboard**. It could be a king's crown." Ben Bergmann interessierte sich brennend für Geschichte und Geschichten. Er hatte die alte Schnitzerei am Kopfteil entdeckt und witterte offenbar gerade wieder etwas Spannendes.

"It probably means that this is a ***king-sized** bed*", meinte Darren, der mehr an Bequemlichkeit als an Geschichte interessiert war.

"You**'re** really not **into** history, are you?", sagte Ben leicht verächtlich.

"Goldwin **certainly** knows everything about this bed's history", gab Darren zurück und grinste.

Goldwin Nellson war sozusagen der Hausherr. Die drei Jungen befanden sich auf Caedmon Castle, einem alten Schloss in der Grafschaft Surrey. Weil Goldwins Eltern eine Familienfeier nicht ohne ihren Sohn begehen wollten, Goldwin jedoch an solchen Treffen nur unter Protest teilnahm, hatte seine Mutter seine zwei besten Freunde gleich mit eingeladen.

Darren, Ben und Goldwin besuchten ein Internat in Salisbury, aber jetzt waren Herbstferien. "A great time for a family party", wie Goldwin mit Leichenbittermine wenige Wochen vor ihrer Abreise aus dem Internat verkündet hatte. Auch die Durchhalteparolen von Darren und Ben hatten seine Laune nicht zu bessern vermocht, zumindest nicht, bis seine Mum vorschlug, er solle seine Freunde doch mitbringen. Und weil die beiden den armen, gebeutelten Goldwin unmöglich mit all den Grafen, Baronen und sonstigen gewichtigen Persönlichkeiten allein lassen konnten, hatten sie zugesagt. Aber eigentlich war es kein Opfer gewesen, denn was gab es Spannenderes, als die Ferien in einem alten Schloss zu verbringen?

Jemand klopfte und öffnete vorsichtig die Tür. Goldwin spähte ins Zimmer. "Hey, come on, it's time for dinner."

"What took so long, **I'm starving**", antwortete Ben, und als hätte sein Magen die Beschwerde gehört, knurrte er laut, während sie die Treppe hinuntergingen. Dabei war Ben für seine 1,70 Meter ziemlich schmal, niemand hätte vermutet, welche Mengen an Essen er für gewöhnlich in sich hineinstopfte.

Darren, der zuvor schon in der Küche gewesen war, um sich eine Cola zu holen, weil sein Blutzucker oftmals verrückt spielte, meinte: "I don't know half the names of the dishes the cook has prepared in the kitchen."

"What do you need names for? See what's on the plates and simply **taste** everything", lautete Goldwins Empfehlung.

to starve
verhungern
to taste sth
etw probieren

chap Junge
to talk nonsense Unsinn reden
grand-aunt Großtante
to be eager to do sth darauf erpicht sein, etw zu tun
to rid sb of sth jdn um etw erleichtern
porcelain collection Porzellansammlung
kleptomaniac Kleptomane, Kleptomanin
as well außerdem
during während
several einige
to dare do sth sich trauen, etw zu tun
somehow irgendwie
embarrassing peinlich

"**Chaps**, look, there's the Queen Mum!" Ben blieb stehen und deutete verblüfft auf eine ältere Dame, die sich offenbar für einige Porzellanstücke interessierte, die auf der Marmorplatte eines antiken Möbels aufgereiht standen.

"Ben, you**'re talking nonsense**!" Goldwin verdrehte die Augen. "Not only is the Queen Mum already dead, *that* lady is my dad's **grand-aunt**, Lady Jane Stancliff", sagte er, um gleich darauf aufzustöhnen: "It seems she**'s eager to rid** my dad **of** some pieces of his **porcelain collection**. She's a **kleptomaniac** and a bit mad **as well**."

"Really? You mean she steals things?" Darren sah ihn ungläubig an.

"Yes, I'm sorry to say so. **During** our last family party **several** relatives suddenly noticed their watches were missing but didn't **dare** say a word. My dad **somehow** managed to find the watches and returned them. That was **embarrassing**!"

Darren und Ben lachten und Ben schob vorsorglich den Ärmel seines Pullovers über seine neue Armbanduhr.

Im Rittersaal war eine lange Tafel für die Gäste gedeckt, mit üppigem Blumenschmuck und zahlreichen Kerzen in der Mitte. Ben hatte Mühe, überhaupt bis zum anderen Ende des Tisches zu sehen. Selbst mit Brille konnte er die Gesichter nicht vollständig erkennen. Dann wanderte sein Blick über die Rüstungen, Wandbehänge und schweren Möbel.

Wendlock Hall, das Internat, war ja auch ein altes Schloss, aber mit diesem hier konnte es bei Weitem nicht mithalten. An manchen Stellen bröckelte dort sogar der Putz von den Wänden.

"There she is – the Queen Mum", flüsterte Ben und stupste Darren an.

Lady Jane Stancliff hatte die Blicke der Jungen offenbar bemerkt, denn sie schickte ein wissendes Zwinkern in ihre Richtung.

"Nice old lady", meinte Darren.

"Hmmm." Goldwin zog einen Flunsch.

"Goldwin, tell us more about Caedmon Castle and your family", forderte Darren ihn auf.

"Uhhhh, **there may** even **be** a ghost in the castle", unkte Ben.

Goldwin winkte ab: "Nonsense, don't believe those old stories about our castle. They're **pure fantasy**, nothing more."

there may be es gibt vielleicht
pure rein
fantasy Fantasie

Ben und Darren sahen sich an. Manchmal war Goldwin ein fürchterlicher Geheimniskrämer, dachte Ben. Bei ihm hieß es ständig nur „alte Geschichten", dabei erzählte er selten eine, sondern erging sich meist nur in irgendwelchen komischen Andeutungen. Genau wie damals, als sie sich gerade kennengelernt hatten und Ben ihn nach dem weißen Dreieck über seiner Stirn fragte. Es fiel stark auf, weil Goldwin dunkles

Haar hatte. Wirklich jeder in der Schule interessierte sich dafür, was mit seinen Haaren passiert war. Aber Goldwin Nellson murmelte nur etwas von wegen „**pigmentation disorder**" und damit war der Fall für ihn erledigt.
Das hier klang wieder mal verdächtig nach einem Fall von „pigmentation disorder".
"What about the four-poster bed in our room? Did it **belong to** a king?", fragte Ben, der sich mit Goldwins einsilbiger Antwort nicht so leicht zufrieden geben wollte.
"You're right about the king. It was Charles I.", erklärte Goldwin bereitwillig. "**Legend** says that he spent some time here in the castle. My great-great-great-great great-great grandfather ..."
Ben lachte und unterbrach ihn: "Okay, we understand. It happened **ages ago**."
"Anyway, one of my **ancestors** was a close friend of King Charles I."
"Charles I." Ben überlegte. "He ... he **was beheaded**, wasn't he?"
"Oh, fine. I'll definitely sleep better knowing that." Darren verzog das Gesicht. Anders als Ben wollte er es offenbar lieber nicht so genau wissen.
"I guess when Charles I. slept in this bed, he was still **alive and kicking**." Ben lachte.
"Thanks for mentioning his execution, Ben", grummelte Darren, dem die Vorstellung offenkundig überhaupt nicht gefiel.
Ben wusste, dass Darren kein Freund von Grusel-

pigmentation disorder Pigmentstörung
to belong to sb jdm gehören
Legend Legende
ages ago vor Ewigkeiten
ancestor Vorfahre
to behead enthaupten
alive and kicking gesund und munter

geschichten war. Bei ihm war das anders und er machte sich einen Spaß daraus, Darren hin und wieder damit aufzuziehen.
Als der erste Gang aufgetragen wurde, verstummten sämtliche Gespräche. Ben nahm sich vor, mehr über die Geschichte des Schlosses in Erfahrung zu bringen. Bestimmt gab es hier jemanden, der etwas darüber erzählen konnte und wollte. Zudem war das guter Stoff für einen Artikel.
Ben, *The Pen*, wie er genannt wurde, war Chefredakteur der Schülerzeitung von Wendlock Hall und immer auf der Suche nach Dingen, über die es sich zu berichten lohnte.
Goldwins Mum hatte sie bei Tisch nebeneinander gesetzt. Darren saß links, gleich neben „Queen Mum", Goldwin in der goldenen Mitte und Ben sicherte die rechte Flanke. Sein Nachbar wippte permanent mit den Füßen und hatte ihn jetzt schon zum fünften Mal getreten.

chap
hier: Typ

"What's the matter?", wollte Goldwin wissen, weil Ben dauernd so komische Laute von sich gab.
"Why don't you ask the **chap** sitting next to me?", zischte Ben und rückte näher an Goldwin heran.
Das Abendessen schien ewig zu dauern. Nach jedem Gang gab es eine Pause, um Geschmacksnerven und Magen auf den nächsten einzustimmen. Als dann die Nachspeise kam, meinte Ben, jeden Moment zu platzen. Er schaute unauffällig zu seinen Freunden. Darren begutachtete seine Schale, als wüsste er nicht recht, ob die Schokoladenmousse und die Früchte nun zum Essen oder bloß als Dekoration gedacht waren.

Und Goldwin vernichtete nur die Mousse und überließ die Früchte ihrem Schicksal.
Als die Tafel aufgehoben wurde, damit die Gäste es sich gemütlich machen konnten, war Ben froh, aufstehen zu dürfen und sich endlich wieder bewegen zu können. Goldwin und Darren schien es nicht anders zu gehen.
"Can we go somewhere else?", fragte Darren. Er sah aus, als würde er sich nicht ganz wohl fühlen.

crowded überfüllt
by far mit Abstand
Ouch! Aua!

Ben klinkte sich dankbar ein. "I agree. It's a bit **crowded** in here. And anyway, we're **by far** the youngest."
"Come on, let's go to the green salon. We'll be alone there, only a few people know about that room."
Goldwin führte sie, ausgehend vom Rittersaal, eine enge Wendeltreppe hinauf, an einem Turmzimmer vorbei und einen Gang entlang, bis Ben nicht mehr wusste, auf welcher Ebene und auf welcher Seite des Schlosses sie sich denn nun befanden.
"This way, please", meinte Goldwin, als wäre das hier eine Museumsführung.
Der Grüne Salon machte seinem Namen alle Ehre – er war einfach wahnsinnig grün. Alles war grün, von den Vorhängen über den Boden, die Teppiche und die Tapeten bis hinauf zur Stuckdecke. Auch die vielen Sessel, die überall herumstanden und zum Verweilen einluden, waren grün.
"**Ouch!**, the guy sitting next to me at dinner kicked me really hard. Is he one of your relatives?" Ben ließ sich auf eines der ausgefallenen Sitzmöbel sinken und

krempelte seine Jeans ein Stückchen hoch. "Look at these bruises!", schimpfte er und deutete auf einige Rötungen am Schienbein.

Goldwin besah sich die Flecken fachmännisch. Wahrscheinlich würden sie über kurz oder lang blau werden.

"You**'ve made the acquaintance of** Lionel Fulton Ferry. He **claims** to have danced with Fred Astaire many years ago."

Ben wusste damit nicht allzu viel anzufangen. Er fand den Mann einfach bloß ziemlich alt. Und wer war dieser Fred Astaire? Das musste lange vor ihrer Geburt gewesen sein.

"**Beats me!**", gab er zu.

Und Darren meinte: "Daaanced?" Er zog das Wort ungläubig in die Länge. "Fred Astaire was a man, wasn't he? And the chap sitting next to Ben is also a man."

"Fred Astaire was an American legend – in **tap dance**." Goldwin schüttelte den Kopf, als müsste nun wirklich jeder wissen, wer Fred Astaire war.

"It felt like he danced on my legs", stöhnte Ben.

"Darren, are you okay?", fragte Goldwin.

Ben sah Darren beunruhigt an. Auch ihm war schon bei der Nachspeise aufgefallen, dass sein Freund ziemlich blass war, doch er hatte sich nicht viel dabei gedacht und es auf das viele Essen geschoben.

Er sprang auf. "And you had to tell him 'simply taste everything'. Now **the fat's in the fire**. Great! He tasted almost everything", sagte er besorgt zu Goldwin.

to make the acquaintance of sb jds Bekanntschaft machen

to claim behaupten

Beats me! Keine Ahnung!

tap dance Stepptanz

The fat is in the fire. Der Teufel ist los.

"Darren, where's your **emergency equipment**? I'll go fetch it. Is it in your bag? – Please tell me, you look terribly **pale**."

emergency equipment Notfallausrüstung
pale blass
to make a fuss ein Aufhebens machen
to be the centre of attention im Mittelpunkt stehen

Darren nickte. "It's in my bag, in a plastic box", sagte er leise. "I'm sorry."

"Don't **make a fuss**, you'd do the same for one of us", beruhigte ihn Ben.

"I'll go and get it." Goldwin war aufgesprungen. "Otherwise you might get lost with Darren's equipment and then we've got a big problem", erklärte er entschieden und stürmte auch schon aus dem Zimmer und den Gang entlang, während Ben bei Darren blieb.

Darren litt an Diabetes, einer Stoffwechselstörung, bei der die insulinproduzierenden Zellen durch körpereigene Abwehrstoffe zerstört werden. Insulin wird in der Bauchspeicheldrüse gebildet und senkt normalerweise den Blutzucker, doch Darrens Körper war nicht in der Lage, genügend Insulin zu produzieren, daher musste er den Mangel regelmäßig durch Spritzen ausgleichen.

Heute allerdings war er selbst schuld an der Misere, er hatte nicht aufgepasst.

"Now you**'re** really **the centre of attention**, right?", versuchte Ben zu scherzen, dabei war ihm überhaupt nicht danach zumute.

"Quite right", bestätigte Darren, aber sein Lächeln verunglückte.

Nach erstaunlich kurzer Zeit kam Goldwin mit einer Hartplastikbox zurück, in der sich Darrens Messgerät,

Teststreifen, Lanzetten und der Insulinpen samt Kartuschen befanden.
Ben hasste dieses *Gib-mir-dein-Blut*-Gerät, aber Darren meisterte die Prozedur mit der üblichen Mischung aus Todesmut und Routine. Der Pen sah aus wie ein breiter Füller. Eigentlich nichts, was einem Angst machen müsste.
"Could one of you ...", bat Darren.
"You **prick** his finger and I'll hold his hand", sagte Ben zu Goldwin, bevor der etwas anderes vorschlagen konnte.
"Oh, you're so kind." Goldwin hasste den Stich in die Fingerbeere schon beim Arztbesuch. Aber er ergab sich in sein Schicksal, denn ohne Blut gab es keinen Blutzuckerwert.
"Go on!", drängte Ben, nahm einen Teststreifen aus dem Röhrchen und legte ihn in das Messgerät.
"Don't **rush** me!"
Goldwin griff sich die Lanzette, visierte damit Darrens linken Zeigefinger an, kniff die Augen zusammen und stach zu. Anschließend hielt er die Fingerkuppe auf den Teststreifen, der das Blut automatisch aufsog und kurz darauf schon den Wert auf dem Display vermeldete.
"This doesn't look good", befand Ben sachlich.
"Uh, oh", machte Goldwin und biss sich auf die Unterlippe.
"Darren, what **are** we **supposed to do**?"
Ben packte die Sachen wieder weg und nahm den Insulinpen heraus, weil er

to prick sth in etw hineinstechen
to rush sb jdn hetzen
to be supposed to do sth etw tun sollen

dachte, dieser würde als Nächstes zum Einsatz kommen. Den benutzten Teststreifen schob er in die hintere Tasche seiner Jeans. Einen Papierkorb suchte man im Grünen Salon vergeblich.

"Perhaps I should eat something first", meinte Darren kläglich.

"Eat something? But, you ate so much at dinner."

Ben sah Darren skeptisch an. Er würde jemanden holen müssen, bevor es dem Freund noch schlechter ging.

slice Scheibe
to let go of sth etw loslassen
pancreas Bauchspeicheldrüse
to produce produzieren
I'll be right back. Ich bin gleich wieder da.
rye Roggen
wholemeal Vollkorn

"Two **slices** of bread would be great", meinte Darren.

"Oh no, he's asking for bread!" Goldwin warf die Hände in die Luft.

"What about your insulin pen? Wouldn't it be better ..."

"Some bread will help, trust me", wiegelte Darren ab.

"Goldwin, could you get a few slices?" Ben nahm Darrens Hand, die noch immer zitterte.

"Ben, **let go of** my hand, I'm not a girl!", beschwerte sich Darren.

"I was worried you were really ill!", sagte Ben.

"The bread will help the **pancreas** to **produce** more insulin; it's a kind of trick", erklärte Darren.

"Okay, **I'll be right back**. What kind of bread? **Rye**, wheat ... anything special?" Goldwin stand in den Startlöchern. Er war beinahe schon so blass wie Darren.

"**Wholemeal**, if you can get it", sagte Darren.

Goldwin brachte gleich vier Scheiben mit, die er auf einen Teller gelegt und in einer Stoffserviette eingeschlagen hatte.
Darren zupfte die Scheiben in kleine Ecken und kaute. Es schien eine Ewigkeit zu dauern, bis sein Gesicht wieder ein bisschen Farbe bekam und das Zittern aufhörte.

Unter Geistern

Die Freunde warteten geduldig, bis Darren sich von seinem Beinahezusammenbruch erholt hatte und der Trick mit dem Brot allmählich Wirkung zeigte.
Doch schließlich war er wieder ganz der Alte.

ungrateful undankbar
honestly ehrlich
to investigate untersuchen

"You really should practise taking blood!", behauptete er und knuffte Goldwin scherzhaft in die Seite.
"You're so **ungrateful**", sagte Goldwin.
"We'll tell everybody how terribly frightened you looked!", drohte Ben.
"**Honestly**, you were both great", bedankte sich Darren.
"More material! Guys, I need some details for my article", verkündete Ben, um endlich zur Sache zu kommen. Er wollte unbedingt etwas über Schloss Caedmon schreiben und dafür benötigte er eine interessante Geschichte. Charles I. wäre ein guter Anfang. Wer konnte schon behaupten, das Himmelbett eines waschechten Königs sein Eigen zu nennen. Ein Geist wäre natürlich das absolute Highlight, aber wenn gerade keiner verfügbar war …
"A king who was beheaded – how *very* interesting!"
Darren schüttelte sich. "You're exactly like my mum; always **investigating** something." Darrens Mutter arbeitete für eine große Tageszeitung und war momentan einem Skandal auf der Spur, wie Darren am Abend zuvor nach einem Telefonat mir ihr erzählt hatte.
Goldwin dagegen schien die Vergangenheit seiner Familie so gar nicht erzählenswert zu finden.

"Why are you so quiet about it?", fragte Ben leicht genervt. "It's the history of your family, **after all**. I'd find it exciting if a king had stayed in my house, oh sorry, in my *castle*."
"What do you want to know? There isn't much to tell." Goldwin versuchte seine Worte beiläufig klingen zu lassen, aber irgendwie sah er drein, als würde er ein dunkles Geheimnis hüten, dessen Enthüllung nun jeden Moment drohte.
Ben schaute zu Darren, der kurz die Mundwinkel nach unten zog, um ein Ich-hab-echt-keinen-Schimmer anzudeuten.
Schon komisch, dabei war Goldwin sonst nicht für seine Zurückhaltung bekannt, im Gegenteil. Und hätte Ben eine seiner hervorstechendsten Eigenschaften benennen sollen, ihm wäre sofort Neugier eingefallen.

after all
schließlich
silent
schweigsam
to feel like doing sth
Lust haben, etw zu tun

"Come on, usually you won't stop asking questions. Why are you playing Mr. **Silent** today? Don't worry, you needn't tell us your whole family history." Ben verstand Goldwin's Heimlichtuerei nicht. Da musste man ja auf komische Gedanken kommen.
Goldwin spielte weiter den Ahnungslosen.
Ben verschränkte die Arme vor der Brust. Er würde schon noch erfahren, was er wissen wollte.
"Well, what now? I **feel like** relaxing in front of the fire. What about you?", wollte Goldwin wissen. Er hoffte anscheinend, damit das Thema wechseln zu können.
Ben und Darren waren einverstanden und die drei pilgerten in die Bibliothek, wo sie es sich mit Kissen

chilblain Frostbeule
to bet (bet, betted) wetten
whatever was auch immer
sooner or later früher oder später

vor dem offenen Kamin bequem machten, in dem jemand ein Feuer angefacht hatte.

"The problem with fireplaces is that you roast if you're too close, and you get **chilblains** if you're not close enough", erklärte Goldwin.

"I'd prefer to roast", entschied Ben.

Darren starrte derweil gebannt durch die geöffnete Tür auf den Gang hinaus, sodass Goldwin und Ben einen Augenblick lang Sorge hatten, er könnte schon wieder wegkippen. Aber das war es nicht.

"Look ... the Queen Mum." Darren deutete mit dem Kopf nach hinten. Goldwins Kopf fuhr herum und auch Ben brachte sich wieder in eine aufrechte Position.

"Oh no, not *that*!", zischte Goldwin.

Ben sah gerade noch, wie etwas Weißes, das verdächtig nach einem Porzellandeckel aussah, den Weg in Lady Stancliffs Nerzmuff fand. Wozu brauchte sie den Muff, wenn sie nicht vorhatte, sich Sachen unter den Nagel zu reißen? So kalt war es im Schloss nun wirklich nicht.

"Not that!", wiederholte Goldwin. Er klang genervt.

Lady Jane Stancliff lief mit einem fröhlichen Winken an ihnen vorbei, offenbar darauf bedacht, schnellstmöglich ihre Räumlichkeiten aufzusuchen.

"Listen to that!", sagte Darren, als ein leises Klirren aus ihrem Muff drang – verschiedene Gegenstände, die aneinander schlugen. "I **bet** she's got several pieces in there."

"Me too", sagte Goldwin.

"**Whatever** she took will be missed **sooner or later**."
Ben war aufgestanden, unschlüssig schaute er der alten Dame hinterher.
"I can't believe that she did it again", rief Goldwin und rammte seine Faust in die Kissen.
"Are you going to tell your dad? I mean, I feel sorry for her if this is some kind of **illness**. She's quite **amusing**. Not nearly as **grumpy** as ... anyway, she's **completely** different from my grandma." Darren räusperte sich umständlich.
"*Amusing?*", wiederholte Goldwin ungläubig und verzog das Gesicht. Er überlegte kurz und erklärte Ben und Darren sein Dilemma: Entweder er sagte nichts und die Porzellandose war futsch, oder er meldete den Diebstahl und brachte damit alle in Verlegenheit. Was also sollte er tun?
"What if nothing happened – if nothing was stolen?", fragte Ben.
"What do you mean? We saw her stealing those things. She's probably looking for a good **hiding place** right now." Goldwin klang fürchterlich unglücklich und schien zu bedauern, dass er überhaupt hingeschaut hatte.
"I've got an idea", sagte Ben. "Okay, perhaps it's a bit **adventurous**, but ... this is a castle, isn't it?"
Er zog Goldwin und Darren zu sich her und teilte ihnen flüsternd mit, was ihm gerade eingefallen war.
Goldwin holte tief Luft und blies die Backen auf: "Uhhh, *adventurous*, what an **understatement**!"

illness
Krankheit
amusing
unterhaltsam
grumpy
miesepetrig
completely
völlig
hiding place
Versteck
adventurous
abenteuerlich
understatement
Untertreibung

to admit zugeben

to scream one's head off sich die Seele aus dem Leib schreien

to get caught erwischt werden

Let's hope so. Hoffen wir's.

to handle sth mit etw fertig werden

I had better do sth ich sollte lieber etw tun

because of wegen

excitement Aufregung

"You must **admit**, it's not a bad idea, and ... we won't be beheaded for it." Ben war stolz auf seinen Einfall.
Es wäre nämlich kein Diebstahl, wenn sie Lady Stancliff davon überzeugen könnten, die Porzellandosen selbst zurückzubringen.
Und wer könnte diese Überzeugungsarbeit besser leisten als ein Geist ...
"What if she **screams** her **head off**?", gab Goldwin zu bedenken.
"We'll have to be careful not to **get caught**. But it shouldn't be a problem. Remember, we're invisible!", sagte Ben.
"**Let's hope so**." So ganz überzeugt klang Goldwin nicht. Irgendwas schien ihm Sorgen zu machen. Aber nach einigen Augenblicken nickte er. "Okay. Let's pray that Lady Jane's heart is strong enough to **handle** a ghost."
"**I'd better** eat another piece of bread", sagte Darren und fügte hinzu: "'**Because of** the **excitement**."
"What excitement? Nothing's happened yet", meinte Ben.

Gegen Abend wurde es ruhiger im Schloss. Einige der Gäste zogen sich auf ihre Zimmer zurück, während andere sich dankend verabschiedeten. Wer keine weite Anreise unternommen hatte, fuhr am selben Tag noch zurück.

Ein aufgedunsener Mond prangte am Himmel und der Ostwind heulte sirenengleich und versprach eine stürmische Nacht. Die Zweige der alten Rotbuche kratzten an den Fenstern des Gästezimmers, als wollten sie ihre Bewohner um Einlass bitten.
"**Pretty** horrible!", sagte Darren, der es fertigbrachte, sich sogar vor dem Wetter zu gruseln.
Sie saßen zusammen auf der Tagesdecke des großen Himmelbetts von Charles I. und warteten ihre Stunde ab.
Goldwin horchte konzentriert auf sämtliche Geräusche, was Ben einigermaßen seltsam fand. Sie wussten immerhin, wo Lady Stancliff untergebracht war, und Goldwin hatte ihnen auch gesagt, dass die alte Dame nie sonderlich spät zu Bett ging. Also wohl ziemlich bald, denn es war schon nach zehn.
"What are you going to say, Ben? I mean, what's *the ghost* going to say?", fragte Darren.
Ben hatte vorgeschlagen, der diebischen „Queen Mum" mit einem Bettlaken über dem Kopf und verstellter Stimme ins Gewissen zu reden, sie müsse die Porzellandosen zurückgeben. Und weil klar war, dass Ben die Rolle des Gespensts übernahm – er war groß und dünn –, mussten sie nur noch am Wortlaut feilen, denn Gespenster durften schließlich nicht wie Teenager klingen.
"I think I'm going to **howl** a bit first. Hoooo-Oooohhh. Then I'll **threaten** her with **eternal damnation** if she

pretty ziemlich
to howl heulen
to threaten sb jdm drohen
eternal damnation ewige Verdammnis

item
Gegenstand
valuable
Wertgegenstand
to kick sb out
jdn rauswerfen
to re-arrange
anders hinstellen
romantic
romantisch
to be concerned about sth sich um etw Sorgen machen

doesn't return the **items** she's taken. So far nobody's noticed that some **valuables** are missing, right?"

"She was lucky. If my dad notices that some pieces of his collection are missing ... he might get angry enough to **kick** her **out** of the house. That's why I did my best to **re-arrange** the collection." Goldwin hatte sich bemüht, die verbliebenen Porzellandosen zu ordnen, und hoffte, dass es niemandem auffallen würde.

Auf dem Gang schlug die Standuhr dröhnend zur vollen Stunde – elf Mal.

"Very noisy!", bemerkte Darren. "Are we ready?"

"Yes, let's go!" Ben stemmte sich aus dem Bett.

Die drei schlichen den Gang entlang, dann weiter über die Galerie und in den Ostflügel. Lady Jane bestand auf diesem Zimmer, weil es dort am ruhigsten war und sie sich gern von der Morgensonne wecken ließ, erklärte ihnen Goldwin.

"Isn't that **romantic**?", meinte Ben und grinste verhalten.

"She says she**'s concerned about** the environment and wants to save energy", gab Goldwin zurück.

"Well, that's a good intention", gab Ben zurück und gluckste.

Goldwin blieb stehen und deutete auf zwei nebeneinander liegende, mit blauem Samt bezogene Türen.

"Here we are."

"Great, but which one is it?", fragte Ben.

"The right door **leads** into her bedroom", flüsterte Goldwin. "We'll take the left one."
Goldwin drückte langsam die Klinke herunter. Die mit Samt beschlagene Tür schwang ohne ein Geräusch auf. Der Mond schickte einen Hauch Licht in den Raum, der in Dutzenden von Blautönen schimmerte.
"Wow!", entfuhr es Darren.
"Well, you **disguise** yourself and **enter** through the **connecting door** into Lady Jane's bedroom. Watch your feet and **mind** the step, otherwise you might **stumble** and land in her bed!", warnte Goldwin.
"I'm not that blind", verteidigte sich Ben, obwohl er den Türabsatz überhaupt nicht bemerkt hatte.
"You'll be blind enough! Ghosts don't wear glasses – you'll have to take them off", verlangte Goldwin.
Ben starrte ihn an. An die Brille hatte er überhaupt nicht gedacht.
"Poor Ben! Without his glasses he's as blind as a bat", spöttelte Darren und schlug vor: "Why not hold the **sheet** away from your face, then she won't notice your glasses."
"Don't be stupid! It's **pitch black** under the sheet, so how can I see anything?"
Goldwin lauschte an der Verbindungstür zum angrenzenden Schlafzimmer. "Seems to be quiet ... except ... listen to this: she **snores**!"
"Are you sure it's Lady Jane who's is in that bed? To me it sounds **suspiciously** like *Shrek*", flüsterte Darren.

to lead (led, led) führen
to disguise verkleiden
to enter eintreten
connecting door Verbindungstür
to mind sth auf etw achten
to stumble stolpern
sheet Bettlaken
pitch black stockdunkel
to snore schnarchen
suspiciously verdächtig

Ben nahm seine Brille ab, zog die Turnschuhe aus und begab sich in Socken und so gut wie blind unter das mitgebrachte Laken. Es war groß genug, um seine Beine vollständig zu verdecken.
"Do you remember what to say?" Darren hielt Ben am Ellbogen fest, damit er den Weg durch die Tür fand.
"I'm ready!", verkündete Ben, das Gespenst, und Goldwin öffnete die Verbindungstür, um sie gleich darauf wieder hinter ihm zu schließen.
Unter dem Laken brauchte Ben sich bloß an den Geräuschen zu orientieren. *Shrek* war wirklich kein so übler Vergleich, denn die Lady röchelte beängstigend. Er raffte das Laken, als wäre es ein Kleid, und legte los: "Hooooooohhh ..." Es klang dumpf und irgendwie gruselig.
Im Bett rührte sich jetzt etwas. Was nun? Ah, die Höllenqualen! "**Thieves** will **suffer** the eternal **flames** of hell, hooooo hoooo."

thief (Pl. **thieves**) Dieb
to suffer sth etw erleiden
flame Flamme
to forgive vergeben

Plötzlich ein Schrei. Es klang verhalten, als wäre der Schrei gerade noch rechtzeitig erstickt worden. Vielleicht biss Lady Jane gerade in ihre Bettdecke.
"Return the items you stole and you will be **forgiven**." Ben schickte zum Abschluss noch ein wüstes "Hooohoooohhh" hinterher. Und dann noch eines, das Goldwin und Darren draußen vor der Tür eine Gänsehaut über den Rücken jagte.
Überhaupt klang Ben plötzlich so seltsam ...
Goldwin riss erschrocken die Augen auf, im Mondlicht war sein Entsetzen deutlich zu sehen.

Darren hob die Hände in die Höhe. "What's happening?"
Die alte Dame schrie, dass die Fensterscheiben in ihren Rahmen klirrten, und jemand rüttelte wie ein Wilder am Griff der Verbindungstür.
"Let's get him out of there!", rief Darren und vergaß vor Schreck zu flüstern. Bei dem Lärm war das allerdings auch gar nicht mehr nötig.
"Tha-that's not Ben! That must be .... Oh, he's mad, really!" Goldwin nahm all seinen Mut zusammen und machte die Verbindungstür auf.
Eine weiße Gestalt wankte ihnen entgegen, blieb am Türabsatz hängen und fiel kraftlos auf Darren und Goldwin. In ihrem Zimmer übertönte Lady Jane den heulenden Wind und im nächsten Augenblick kreischten auch schon Darren und Goldwin, der es aber trotzdem noch irgendwie schaffte, der Tür einen Stoß zu geben, sodass diese zufiel.
"It's me. Help me to get out of this damn sheet! And stop screaming; are you trying to **deafen** me?"
Ben rappelte sich auf und Goldwin zog das Laken von ihm herunter.
Darren keuchte: "Honestly, **for a moment** I thought ..."
Erleichtert lachte er auf. "Was it **necessary** to **exaggerate** that much?"
"*Suffer the flames of hell* was me, but not the hooo hooo hooos shortly after that", sagte Ben. "And I also didn't make that horrible noise!"

to deafen taub machen
for a moment einen Moment lang
necessary nötig
to exaggerate übertreiben

Goldwin machte die Tür wieder einen Spaltbreit auf und lugte sorgenvoll in die relative Helligkeit hinaus. Lady Jane war verstummt. Die alte Dame saß aufrecht in ihrem Bett und hatte die Hände gefaltet, als würde sie beten.

Gräber im Park

Am nächsten Morgen beim Frühstück lachten sie alle drei über Bens gelungene Gespenstereinlage, wobei Ben seine eigene Angst im Sonnenlicht des neuen Tages schon wieder kindisch vorkam. Zum Glück schien in der Nacht niemand Lady Janes Schreie gehört zu haben, jedenfalls war kein Mensch aufgetaucht. Ihr gemeinsamer Rückzug war trotzdem ziemlich überstürzt ausgefallen.

"I **was covered in goosepimples** – that's how scared I was." Darren grinste.

"Me too", gab Ben zu.

"Goldwin, come on and tell us your secret!", forderte Darren den Freund auf.

Goldwin tat so, als verstünde er nicht. „Secret? What do you mean?"

"Oh, don't **pretend**. Last night you knew **perfectly well** that Ben wasn't the one making all that noise. *You* **panicked** – Why? To frighten old ladies – who would do something like that?"

Ben prustete los. "You sound like my dad", sagte er. Sein Vater arbeitete bei der Botschaft und war früher Anwalt gewesen. "Remember, *we* were the ones who frightened the old lady."

to be covered in goosepimples überall Gänsehaut haben
to pretend so tun, als ob
perfectly well ganz genau
to panic in Panik geraten

Lady Jane würde ihnen auch noch einige Zeit erhalten bleiben, denn die alte Dame verbrachte jedes Jahr ein paar Wochen im Schloss – laaange Wochen, wie Goldwin stöhnend betonte.

harmless
harmlos
to mess sth up
etw durchein-
ander bringen

"Yes, but we weren't alone. And we had a reason. But who else might be interested in frightening the Queen Mum? After all she's a **harmless** old lady." Darren sah immer noch Goldwin an.

Der wollte gerade zu einer Antwort ansetzen, da schimpfte jemand: "Wer hat denn die Porzellandosensammlung so verkuddelmuddelt?" Goldwins Mutter stand mit verschränkten Armen und glühenden Augen im Frühstücksraum – bereit zum Angriff.

"Kuddel ... what?", erkundigte sich Darren leise.

Ben stupste den Freund an und machte eine entsprechende Handbewegung. Das Kuddelmuddelwort hatte er schon lange niemanden mehr sagen hören. Er war zwar Deutscher, lebte aber schon seit vier Jahren in Wendlock Hall. Seine Eltern arbeiteten beide im diplomatischen Dienst und mussten aus beruflichen Gründen alle paar Jahre in ein anderes Land ziehen. Als es sie zuletzt von London nach Kairo verschlagen hatte, wollte Ben nicht schon wieder alles zurücklassen und so hatte ihm seine Mutter vorgeschlagen, in England zu bleiben und dieses Internat zu besuchen.

Darren kapierte noch immer nichts, seiner ratlosen Miene nach zu urteilen.

Goldwin klärte ihn auf: "What she said was: *Who* ***messed up*** *the porcelain collection*? My mum is German, I told you already."

"Could someone give me an answer, please?", fragte Maja Nellson, als stünde ihnen nach dem gestrigen, ziemlich windigen Abend nun ein Sturm bevor.

"It was me. I just thought, that ... it looked a bit boring... so I tried to ... **rearrange** the collection?", stotterte Goldwin, wobei er seine Erklärung am Ende wie eine Frage klingen ließ.

Maja Nellson schüttelte den Kopf. "Okay then. That sounds a bit **weird**. Are you sure you're feeling well?" Goldwin nickte. "At least nothing's broken", fügte sie hinzu, etwas besänftigt, aber offenbar nicht recht überzeugt von der plötzlichen Ordnungsliebe ihres Sohnes.

Die Freunde sahen sich an.

"Is everything ... there?", erkundigte sich Goldwin vorsichtig.

"The collection is **complete**", sagte Goldwins Mum. "I'd better not ask why it shouldn't be complete. I didn't know that you were interested in **antiques**." In ihre Stimme hatte sich ein belustigter Unterton geschlichen.

"Oh, hmm ..." Goldwin brachte den Satz nicht zu Ende.

Als Maja Nellson die Tür zum Frühstückszimmer geschlossen hatte, atmeten die drei erleichtert auf. Goldwins Miene entspannte sich sichtlich.

Ben freute sich: "Being a ghost is just the right job for me. The results **speak for** themselves. *If you want to scare somebody, just call Benjamin Bergmann.*"

"Better: *If you want to* ***scare someone to death****, just call Benjamin Bergmann*", behauptete Darren. "We were lucky, that's all. I suppose some people would have died of fear!"

to rearrange sth etw neu anordnen
weird seltsam
complete vollständig
antique Antiquität
to speak for itself für sich sprechen
to scare sb to death jdn zu Tode erschrecken

"Don't ever do this again, you **naughty youngsters**!", wetterte Goldwin mit verstellter Stimme und erhobenem Zeigefinger und brachte Darren und Ben damit zum Lachen.
Ben bog am Gestell seiner Brille herum und ärgerte sich, weil sie ständig rutschte. Darren schaute auf das ulkige Ding, das Ben noch nie getragen hatte. Die Gläser waren von den breitesten Plastikrändern eingefasst, die man sich nur vorstellen konnte.
"Ben, where are your glasses?", fragte er. "Normally you don't wear those ... er ... modern **frames**!" Eigentlich hatte er ***ugly*** sagen wollen.
"They're behind the connecting door to Lady Jane's room – together with the sheet and my trainers." Ben zuckte die Schultern.
"Oh no, that's *great* news!", meinten Goldwin und Darren unisono. Auch Ben hatte bei der überstürzten Flucht nicht mehr an das Laken, die Schuhe und seine Brille gedacht.
"My **performance** was **absolutely** brilliant!" Ben klang ehrlich begeistert. "If only I hadn't tripped on this stupid sheet. You **were** both **yelling** in my ears like **madmen** and the next moment ... you ran away like **scared** rabbits."
Darren brachte es auf den Punkt. "We'll have to go back to the **east wing**."
"I'm **glad** you said *we*", bemerkte Ben. "We should try our luck in the middle of the night when Shrek **is fast asleep**."

naughty ungezogen
youngster Jugendliche(r)
frame Gestell
ugly hässlich
performance Auftritt
absolutely wirklich
to yell schreien
madman Irrer
scared aufgeschreckt
east wing Ostflügel
glad froh
to be fast asleep fest schlafen

"No!", schnappte Goldwin. Es hörte sich an, als wollte er das Zimmer nachts auf gar keinen Fall noch einmal betreten.

"What's the problem? It'll be easy this time. We've **achieved** what we wanted. All we'll have to do now is go back and get my glasses, the trainers and the sheet." Ben verstand Goldwins Widerstand überhaupt nicht.

to achieve sth
etw erreichen

"Why at night?", meinte der und verzog das Gesicht.

Ben erinnerte sich an Goldwins seltsame Reaktion in der Nacht zuvor. Offenbar hatte er noch jemand anderen in Lady Janes Zimmer vermutet. Und er schien sich wirklich gefürchtet zu haben.

"'Last night you said 'he's mad'. Who's *he*?", wollte Darren wissen.

"I ... I was talking nonsense. It ... was just really scary!", beeilte sich Goldwin zu sagen und konzentrierte sich auf seinen Teller, als hätte er dort gerade eine wahnsinnig interessante Entdeckung gemacht.

Ben warf Darren einen fragenden Blick zu, den dieser mit ratlosem Schulterzucken beantwortete. Andauernd wich Goldwin ihnen aus, wenn es darum ging, dass ihnen im Schloss so einiges seltsam vorkam. Was war da los? Ben nahm sich vor, das herauszufinden. Immerhin waren Rätsel genau sein Ding.

Den Rest des Vormittags zeigte ihnen Goldwin das Schloss mit all seinen Nebengebäuden und erzählte eine Menge Geschichten dazu, um Bens Neugier zu befriedigen.

Diesmal hatten sie auch an Darrens Notfallversorgung gedacht.

Sie kamen an einem imposanten Backsteingebäude vorbei, und Goldwin erklärte ihnen, dass es sich dabei um die Familienkapelle handelte. Nur dass *Kapelle* für ein Gebäude dieser Größe irgendwie nicht das richtige Wort war. Die staunenden Blicke der Freunde kommentierte Goldwin mit einem Lachen.

"Is there a **torture chamber** in the castle?", fragte Ben. Das wollte er schon seit dem Moment fragen, als er das Schloss zum ersten Mal gesehen hatte.

"Please, no more of this **bloody** English history!" Darren verzog gequält das Gesicht, als drohte ihm selbst die Folter.

"Of course", beantwortete Goldwin Bens Frage ohne Gnade für Darren. "I can show you some **instruments of torture**. We **need to** go down into the cellar. There's a a **thumbscrew**, a **draw bench** and an **iron maiden**. Just follow me."

Auch im Keller mit all seinen Gängen und Kammern konnte man sich ohne Schwierigkeiten verlaufen. Wände und Böden waren feucht und ein modriger Geruch schlug ihnen entgegen.

Goldwin bemühte sich zu erklären, wie man im ausgehenden Mittelalter die Werkzeuge und Instrumente benutzt hatte.

"This makes me *sick*!" Darren schüttelte sich. "Who was punished here?"

torture chamber Folterkammer
bloody blutig
instrument of torture Folterinstrument
to need to do sth etw tun müssen
thumbscrew Daumenschraube
draw bench Streckbank
iron maiden eiserne Jungfrau

Wie nicht anders zu vermuten, wusste Ben die Antwort: "Witches, for example. But torture wasn't **punishment**; it was **mainly** a **method of interrogation**. Inquisitors tried to **prove** with the help of torture that these poor women **were in league with** the devil."

"I bet it was so **painful** that they **confessed to** every accusation. **Let's get out of here**! It gives Darren bad dreams", sagte Goldwin mit einem vielsagenden Blick auf den Freund. "Would you like to see the park? It's not small, but if you like ..."

"Of course we want to see the park", antwortete Ben für Darren und sich selbst. *Not small* war allerdings stark untertrieben, der Park war riesig.

Aber Darren war das egal, Hauptsache er musste sich nicht länger die grässlichen, menschenverachtenden Instrumente in diesem muffig riechenden Verlies anschauen.

Sie liefen eine halbe Ewigkeit durchs Gelände, ohne dass das Ende des Grundstücks in Sicht kam. Ein Pavillon, der fast gänzlich mit Efeu überwuchert war, tauchte vor ihnen auf.

"This looks like something from a fairy tale, except I don't see any princess waiting to be **rescued**", konstatierte Ben. Und er hatte recht, im Innern des Pavillons lauerten nur eine fette Kröte, die den Eingang zu bewachen schien, und eine dicke Spinne, die sich mit

punishment Strafe

mainly hauptsächlich

method of interrogation Verhörmethode

to prove (proved, proven) beweisen

to be in league with sb mit jdm im Bunde sein

painful schmerzhaft

to confess to sth etw gestehen

Let's get out of here! Lasst uns von hier verschwinden!

to rescue sb jdn retten

erstaunlicher Geschwindigkeit von oben abseilte und auf Bens Arm niederließ.

"Ahh, **yikes**!" Ben schüttelte den Arm wie ein Verrückter, bis das Tier schließlich herunterfiel.

Goldwin und Darren lachten.

"What's so funny, hmm? Damned **creepy crawlies**!", schimpfte Ben, der bis zum Haaransatz rot angelaufen war.

Wo der Wald begann, wuchs das Gras wild, sodass die Jungen kaum sahen, wohin sie ihre Füße setzten. Durch das Blätterdach fiel immer wieder Sonnenlicht und zeichnete helle Flecke auf den Untergrund.

Yikes! Igitt!
creepy crawly Krabbeltier

Darren sprang über die dunklen Stellen, als gäbe es dort im Boden reihenweise schwarze Löcher. Plötzlich schrie er auf: "Oh dear!" Er ließ sich ins Gras fallen und rieb sein Knie.

"Are you alright? Is everything okay?", wollte Goldwin wissen.

"I just stumbled over a rock!", ächzte Darren.

Goldwin beugte sich zu ihm hinunter. Darrens Jeans hatte einen langen Riss und sein Knie eine blutige Schramme.

"There are no rocks around here", behauptete Goldwin. "Ben, do you see any rocks?"

Ben hielt seine rutschende Brille fest und trampelte in seinem Umfeld das Gras platt. Mit einem Mal wurde er stutzig. "Wow, if that's what it looks like ...", begann er.

"What is it?", wollte Goldwin wissen.

"Tell us", forderte ihn Darren auf, der immer noch am Boden hockte.

Ben tat geheimnisvoll und senkte die Stimme zu einem Flüstern: "**Gravestones**."
"Gravestones?" Goldwin war blass geworden.
"**No kidding**, guys", sagte Ben. "Darren's rock is an old gravestone. And look, there are even more of them." Er zeigte auf eine Gruppe anderer Steine nur wenige Meter entfernt.
"A sick torture chamber, and now **dead bodies** in the park – what a nice castle!", muffelte Darren.
Goldwin ließ sich neben ihn ins Gras fallen. "I don't know much about it", meinte er, "but **in former times** every **aristocratic** family had its own cemetery. **I** really **haven't got a clue** who's **buried** here. Probably a family member. Can you read a name on the stone?"
Ben ging in die Hocke, um den Stein in Augenschein zu nehmen. Seine Finger kratzten am Moosbewuchs, bis darunter etwas zu erkennen war.
"That's **amazing**! **Guess what**", rief er aus. "At midnight this guy will be exactly 400 years old. Happy birthday, ***Your Grace***. **May** I introduce you to my new acquaintance?" Ben machte eine großartige Geste. "You're standing above Sir Frederick Linford, **Duke** of Esher", verkündete er.

gravestone Grabstein
No kidding! Kein Witz!
dead body Leiche
in former times früher
aristocratic adelig
I haven't got a clue. Ich habe keine Ahnung.
buried begraben
amazing unglaublich
Guess what! Stellt euch vor!
Your Grace Euer Gnaden
may dürfen
duke Herzog

Eine irre Geschichte

Die drei hatten beschlossen, dass nur einer von ihnen gehen sollte, um das Bettlaken, Bens Brille und die Turnschuhe zu holen. Und weil Goldwin der Einzige war, der sich im Schloss auskannte, war klar, dass diese verantwortungsvolle Aufgabe ihm zufallen würde. Goldwin hatte eingewilligt, unter der Bedingung, dass er den Zeitpunkt selbst bestimmte. Und auf keinen Fall würde er mitten in der Nacht dorthin gehen. "I'll wait until everyone's sitting at the dinner table. Then I'll pretend to have a **stomach ache** and **ask for permission** to go upstairs to my room", sagte er.

stomach ache Magen-schmerzen
to ask for permission um Erlaubnis bitten

"You're a bad, bad boy", zog ihn Ben auf. "The cook will think that you hated his dish."

Aber Goldwin war aus irgendeinem Grund nicht nach Lachen zumute. Seit ihrem Ausflug in den Park blieb sein Gesicht beinahe so unbewegt wie die alten Grabsteine.

Goldwins Mum bat ihre Gäste zum Abendessen. Die Jungen verspürten eigentlich keinen großartigen Appetit, hatten sie doch Darrens Notfallverpflegung noch auf dem Familienfriedhof ratzeputz aufgefuttert. Ben wollte nicht wieder neben Fred Astaires ehemaligem Tanzpartner sitzen und wählte den Platz neben Lady Jane. Kaum hatte er sich gesetzt und die Serviette neben den Teller gelegt, fiel ihm wieder ein, dass Queen Mum eine Schwäche für Uhren hatte. Er wollte gerade die Hände unauffällig in den Schoß legen, als die alte Dame ihre feingliedrigen Finger auf die von Ben legte. Er versuchte schnell noch den Arm wegzuziehen, doch sie hatte das gute Stück schon gesehen. Ihre Finger klopften auf das Zifferblatt. Dann beugte sie sich zu ihm herüber und raunte: "This one … I don't like it."

Ben hatte den Atem angehalten. Jetzt stieß er ihn aus und bemühte sich, nicht laut loszulachen.

Goldwin zog seine angekündigte Show ab und verschwand, sich den Bauch haltend, angeblich auf sein Zimmer, in Wahrheit jedoch Richtung Ostflügel.

Ben behielt die Zeit im Blick. Wie lange würde Goldwin brauchen, um die Sachen zu holen? Sie hatten ihm versprochen, Lady Jane davon abzuhalten, frühzeitig das Abendessen zu verlassen. Nur für alle Fälle. Doch offenbar war die alte Dame gar nicht an einem Ausflug interessiert.

Goldwin hatte sich noch keine zehn Minuten vom Tisch entfernt, als Darren und Ben plötzlich laute Geräusche aus dem oberen Stockwerk vernahmen. Zuerst polterte und rumpelte es, dann hörten sie einen Knall.

awful
schrecklich

"Goldwin?", flüsterte Darren und stupste Ben an.

Alle außer Goldwin hielten sich mit ihnen in diesem Raum auf. Aber wieso sollte er Krach schlagen und jemanden unnötig auf sich aufmerksam machen?

"That's the ghost. Oh, how **awful**!" Lady Jane wirkte besorgt.

Magnus Nellson, Goldwins Vater, marschierte energischen Schrittes quer durchs Esszimmer. Sein Gesicht war zornesrot.

"**Bloody hell**! Darren, let's go upstairs to see what's happening!", schlug Ben vor.

Bloody hell! Zum Teufel!
I won't take it any longer. Das mache ich nicht länger mit.
Heavens! Du lieber Himmel!
director Direktor
to be certain sich sicher sein
for some reason aus irgendeinem Grund

Die beiden bedankten sich höflich für das gute Essen und entschuldigten sich anschließend eiligst.
Auf dem Weg zur Treppe fiel ihnen auf, dass die Tür zur Bibliothek nur angelehnt war und eine Stimme aus dem Raum dröhnte: "That's enough now! Frederick, stop this nonsense! **I won't take it any longer**."
Keine Antwort, alles blieb still.
"Weird. Who could he be talking to?", fragte Ben und riskierte einen vorsichtigen Blick in den Raum. Darren hielt sich dicht hinter ihm.
In der Bibliothek stand Magnus Nellson mit vor der Brust verschränkten Armen vor dem offenen Kamin. Und er war allem Anschein nach allein.
Darrens Mund klappte auf. "Frederick. He just said Frederick! That's ... the name on the grave in the cemetery. The Duke. **Heavens**!"
Ben meinte: "Are you saying that Goldwin's dad talks to a ghost?"
"If I didn't know that he was a **director** of Barclays Bank, I'd have thought he wasn't quite right in the you know what", gab Darren zurück und sein Finger ahmte in Schläfennähe die Bewegung einer Spirale nach.
"Let's go and ask Goldwin about Sir Frederick", sagte Ben. "**I'm certain** he knows the whole story, but **for some reason** he doesn't want to talk about it. I wonder

why. Did you see his face after reading the name on the gravestone? Let's find out what's behind all this **secrecy**."

Goldwin war tatsächlich in seinem Zimmer. Er saß auf dem Bett, die Beine angezogen, als würde ihm etwas wehtun. Ben und Darren hatten kurz angeklopft, doch Goldwins "Come in!", hatte sich weder erfreut noch sonderlich einladend angehört. Als er die beiden hereinkommen sah, deutete er nur kurz auf Bens Brille und die Turnschuhe. "The sheet is back in the **cabinet**."

secrecy Heimlichtuerei
cabinet Schrank
what makes you think wie kommst du darauf

Ben griff nach seiner Brille, die andere schob er in die Brusttasche seines Hemdes. Dann ließ er sich auf den Teppich fallen. "Great, I'm glad", sagte er. "Thanks a lot, Goldwin."

"You weren't the one who made that noise, were you?", fragte Darren vorsichtig.

"Your dad is downstairs in the library talking to an invisible person called Frederick. Are you sure your dad is alright? I mean, after all that guy's a ghost!" Es war ein Schuss ins Blaue. Ben war sich natürlich nicht sicher, doch wer sonst sollte dieser Frederick sein? Die übrigen Gäste hatten sie alle kennengelernt und außer Lady Jane und dem Stepptänzer waren inzwischen alle wieder abgereist. Und nach ihrer Entdeckung im Park wäre das schon ein reichlich komischer Zufall.

"**What makes you think** someone else made the noise?", murmelte Goldwin. Er sah an ihnen vorbei, als hätte er ein schlechtes Gewissen.

"Come on!" Ben fand, dass es mit der Geheimniskrämerei jetzt allmählich reichte. "We're your friends, remember?"

Goldwin tat einen tiefen Atemzug und schloss die Augen, sein Kopf sank gegen das Kopfteil des Betts.

"This ghost is completely crazy! One moment you think he has disappeared, and the next moment he's running amok again. My parents are **convinced** that Frederick is completely harmless. That's probably true, but he really **gets on** my **nerves** with all this nonsense."

Darren schwieg, aber dafür klang Bens "Wow!", als hätte er gerade die Bekanntschaft von Kate Middleton gemacht.

convinced überzeugt
to get on sb's nerves jdm auf die Nerven gehen
to haunt sth etw heimsuchen
mark Mal
cradle Wiege
spot Stelle

"What do you know about Sir Frederick?" Ben setzte sich auf den Rand des Bettes und lauschte. "Listen! Everything is quiet now. I guess your dad's tirade must have helped." Er zog seine Schuhe aus und hob die Beine aufs Bett. "Tell us about him", forderte er Goldwin auf.

"I can hardly tell you anything about Sir Frederick but he**'s been haunting** Caedmon Castle for ages … for centuries." Goldwin fasste sich in sein dunkles Haar und trennte mit den Fingern den weißen Fleck in Form eines Dreiecks heraus. "My mum told me that I carry this **mark** because of him. He touched my head as I lay in the **cradle**. Since then my hair is white on the **spot** he touched. If

I'd told you this earlier, you would have thought I **was bananas**."

"So that was the pigment accident?", meinte Ben.

"**Indeed**", sagte Goldwin. "I just left out a little detail."

Ben sprang auf und wirbelte einmal um die eigene Achse. "What do you think? An interview with a ghost, wouldn't that be cool? What a story for our paper! Who knows, Sir Frederick might even introduce me to the ghost of King Charles I." Als Chefredakteur der Schülerzeitung konnte er sein Glück kaum fassen.

Darren sagte: "Ben, you're crazy! Do you really want to meet a **headless** ghost?"

"I'm sure King Charles I. has somehow managed to get his head back", behauptete Ben.

"Ben, perhaps you can find out more about the Duke in our **family chronicle**", schlug Goldwin vor. "And if your **enquiry** is for the school magazine, my parents certainly won't mind."

"Great!", freute sich Ben. "Perfect timing: it's Sir Frederick's 400th birthday."

"Then you'll definitely have to sing *Happy Birthday*", meinte Darren.

to be bananas übergeschnappt sein
indeed in der Tat
headless kopflos
family chronicle Familienchronik
enquiry Nachforschung

Plötzlich ließ ein Klopfen an der Tür ihre Unterhaltung abreißen. Im ersten Augenblick schauten sie sich erschrocken an, hatten sie doch gerade über das Schlossgespenst und dessen Marotten gesprochen.

Die Tür wurde vorsichtig geöffnet, eine Hand schob sich verstohlen herein. Goldwin und Darren zogen in einer synchronen Bewegung ihre

Beine auf Goldwins Bett, aller Augen waren auf den größer werdenden Spalt gerichtet. Ben schlug das Herz bis zum Hals, angespannt wartete er und wagte kaum, Luft zu holen.

awake wach
to turn up auftauchen
diamond Diamant

"Ah, you're still **awake**, Goldwin?" Maja Nellson schob die Zimmertür auf. "Are you feeling better?" Dann fiel ihr Blick auf Ben und Darren. "Thank God, my missing guests **turned up** again."

"Oh, Mum", beschwerte sich Goldwin.

"Did I scare you? I'm sorry." Goldwins Mutter lachte.

"We weren't scared at all!", versicherten alle schnell. Wer wollte schon dabei ertappt werden, dass er sich wie ein Kleinkind fürchtete.

Goldwin packte die Gelegenheit beim Schopf und sagte seiner Mutter, sie würden am nächsten Tag in der Bibliothek gern ein paar Dinge recherchieren.

"Ben writes articles for our school magazine", erklärte Goldwin.

Seine Mutter lächelte. "In that case you might be interested in the secret of the yellow **diamond** ...", meinte sie geheimnisvoll und ihre Augenbrauen hoben sich fragend.

Der gelbe Diamant

Die Jungen beknieten Maja Nellson so lange, ihnen alles über diesen Diamanten zu erzählen, bis sie sich mit erhobenen Händen ergab. "Okay, I **give in**", sagte sie und zog einen der bequemeren Stühle heran, um ihrem Sohn und seinen Freunden eine kleine Geschichtsstunde zu geben. "It's an **ancient** legend", begann sie.

Ben war Feuer und Flamme, womöglich bekam er hier eine sensationelle Geschichte geliefert, mit der die Schülerzeitung groß rauskommen konnte.

"**The story goes** that this diamond is the **legendary** yellow Laval. It came from **India**. This jewel was given to King Charles I. Because of the special way it **was cut** it looked like a big **teardrop**."

Ben machte sich im Kopf fleißig Notizen, von Goldwin hatte er ja schon erfahren, dass der König sich einige Zeit im Schloss aufgehalten hatte.

Charles I. war von 1625 bis 1649 König von England, Schottland und Irland. Goldwins Mutter erklärte ihnen auch die Hintergründe seiner Flucht aus London, die nicht seine einzige bleiben sollte.Der Herrscher war ein Verfechter des *Divine Right of Kings*, des Königtums von Gottes Gnaden, und setzte sich immer wieder über das Parlament hinweg, bis er es schließlich auflöste. Die Bevölkerung wollte das aber nicht so einfach akzeptieren.

to give in
aufgeben

ancient
uralt

the story goes
es wird erzählt

legendary
sagenumwoben

India
Indien

to cut
schleifen

teardrop
Träne

"The king's actions made him **unpopular** and his **subjects** didn't trust him any more", betonte Goldwins Mutter. "He left London and **took refuge** here at Caedmon Castle, where he felt safe. He didn't panic, **though**. When he came here, he even **brought along** his **personal furniture**. This King knew what he wanted", erzählte sie.

"The four-poster bed", sagte Ben. "So it was part of the king's furniture when he came to hide at Caedmon Castle?" Er hockte im Schneidersitz da und hatte die Arme aufgestützt.

"You're right", bestätigte Goldwins Mum. "Except for his personal valuables King Charles I. **carried** no money, and so he offered a special **gift in return**: the yellow diamond – a **treasure**. To this day its true **value** cannot **be estimated**."

"Where is the diamond today? I'd love to see it", sagte Ben, konnte sich aber denken, dass die schöne Geschichte bestimmt einen blöden Haken haben würde. Das hatten sie immer.

"Those times were turbulent and very **uncertain**. That's the reason why our ancestor decided to hide all of his valuables", sagte Maja Nellson. "**Unfortunately** nobody **has** ever **discovered** the hiding place. Goldwin's granddad was

unpopular unbeliebt
subject Untertan
to take refuge Zuflucht suchen
though trotzdem
to bring along mitbringen
personal persönlich
furniture Möbel
to carry bei sich haben
gift Geschenk
in return als Gegenleistung
treasure Schatz
value Wert
to estimate schätzen
uncertain unsicher
unfortunately Leider
to discover entdecken

convinced that the Laval Diamond is still hidden somewhere in this castle, but the rest of the family doesn't think so."

"Maybe Sir Frederick also believed that the diamond was hidden somewhere **within** the walls of Caedmon Castle", vermutete Darren. Er wähnte sich im Traum bereits vom hingerichteten König verfolgt, der seinen Diamanten zurückforderte.

Goldwins Mutter blinzelte verwirrt, als wäre ihr dieser Gedanke noch nie gekommen. "Oh, so you've already heard about Frederick?", meinte sie an Ben und Darren gewandt. "I must admit that I don't know much about this ghost, but I'm sure you needn't be afraid ... **Unless** ...", sie unterbrach sich. "*No way*, you three have nothing to fear. What gave me *that* idea?", murmelte sie. "This ghost is not **malicious**."

within
innerhalb
unless
es sei denn
malicious
bösartig
phantom
Geist

Sie erzählte den drei Freunden, dass der königliche Vertraute Sir Fredericks Vater gewesen war. "We know the whole story from an old letter", verriet sie. Offenbar war Sir Fredericks Vater auch derjenige, der den Diamanten versteckt hatte. Doch dann wurde er krank und Sir Frederick, der sich zu dieser Zeit im Ausland aufhielt, schaffte es nicht rechtzeitig nach Hause, um das Versteck zu erfahren. Seitdem schlummerte das Geheimnis des gelben Diamanten im Verborgenen.

Maja Nellson erhob sich von ihrem Stuhl und beendete damit den gemeinsamen Abend. "That's enough scary tales for now. I don't want our **phantom** to tell

face-to-face von Angesicht zu Angesicht
to wish wünschen
library Bibliothek
document Dokument
file Ordner
birthday serenade Geburtstagsständchen

you the whole story **face-to-face** in your dreams." Sie kniff die Augen unheilvoll zusammen und streckte ihre Finger nach den dreien aus. "I **wish** you three a good night!", sagte sie augenzwinkernd, und bevor sich die Tür hinter ihr schloss: "Make the most of the **library**, but promise me to be careful with the old **documents**. Look at the brown **file**, and who knows ... maybe you'll discover something interesting."

"Thanks a lot, Mum!", sagte Goldwin und Ben und Darren schlossen sich ihm an.

"Your mum's great!" Ben knuffte Goldwin in die Seite. "Tonight I'll have a wonderful dream about the yellow Laval", verkündete er.

"Don't forget Sir Frederick's **birthday serenade**", zog Darren ihn auf.

Darren und Ben gingen auf ihr Zimmer und hatten an diesem Abend kein anderes Thema mehr als den mysteriösen gelben Diamanten, bis sie irgendwann von der Müdigkeit übermannt wurden.

"Exciting!", flüsterte Ben, ein seliges Lächeln im Gesicht.

Es war beinahe Mitternacht. Draußen auf dem Gang rückten die Zeiger der Standuhr immer näher an die 12 heran. Niemand bemerkte die Kälte, die wie ein leichter Nebel über den Holzboden waberte und schließlich unter der massiven Tür zum Zimmer mit dem Himmelbett von Charles I. hindurchsickerte.

Darrens Atem bildete kleine weiße Wölkchen in der Luft und Ben zog sich im Schlaf die Bettdecke über die Schultern.
Der Nebel verdichtete sich. Im Zimmer stand plötzlich ein Mann.

Damn it! Verflucht!
This is no laughing matter. Da gibt es nichts zu lachen.

Als Ben am nächsten Morgen aufwachte, gähnte er zuerst ausgiebig und streckte sich einige Male nach allen Richtungen. Er griff nach seiner Brille auf dem antiken Nachttisch und setzte sie auf. Dann fiel sein Blick auf die geöffneten Schränke. Jemand hatte den kompletten Inhalt ausgeräumt. Anscheinend, um an die Rückwand zu gelangen oder an etwas, was sich dahinter verbarg.
"Oh, no!", stöhnte Ben. Er schwang die Beine über den Rand des Betts und trat auf etwas Hartes.
Auf dem Boden verstreut lag das Innenleben seines Koffers. Gerade stand er auf seinem Duschgel. "**Damn it**!", schimpfte Ben, während das bläulich-schmierige Zeug aus der Plastikflasche quoll. Er ließ sich aufs Bett zurücksinken, streckte die Füße in die Luft und stimmte spontan ein lautes: "Happy Birthday ..." zu Ehren von Sir Frederick an.
Darren schoss aus den Kissen. "What ... ah ... oh, Ben!", stöhnte er und zog die Decke bis zum Kinn hoch.
"**This is no laughing matter**", gab Ben entnervt zurück, obwohl Darren noch nicht einmal wach genug war, um überhaupt ein Lachen zustande zu bringen.
"You need to wash your feet ." Darren deutete auf Bens verfärbte Zehen und rümpfte die Nase.

to step (stepped, stepped) in sth in etw hineintreten
gunge Matschepampe
to wander about herumlaufen
to take a look genau hinschauen
What's the point of that? Was soll das bringen?
sb's usual self jds übliche Art
to stretch out ausstrecken

"Looks like you **stepped in** some **gunge**. Have you been **wandering about** outside?"

"Outside? Of course not, just in this terrible mess around our bed. Open your eyes and **take a look**", empfahl ihm Ben, rollte sich zur Seite und ließ die Beine baumeln.

Darren stemmte sich hoch und beugte sich ein Stück weit vor.

Auf seiner Seite des Betts herrschte genau das gleiche Chaos. "Have you been looking for the diamond? **What's the point of *that*?** You'll never find it in my bag." Darren verzog angesäuert die Mundwinkel. Seine Kleidung bildete einen wirren Haufen, die Plastikbox mit dem Messgerät und dem Insulinpen lag geöffnet obenauf.

Ben legte eine Hand hinter sein Ohr.

"Do you really believe I caused this mess? Don't you think you would have heard me?" Er deutete auf die Unordnung. "After all, I'm not as silent as our friend, the ghost."

Darren sah Ben an. Er schien angestrengt zu überlegen, wie das alles zusammenpasste.

Ben half ihm auf die Sprünge: "It must have been Sir Frederick. This time he was quiet – not his **usual** noisy **self**."

"Uhhh, if I imagine the Duke standing close to our bed … I could **have stretched out** my arm and touched him. How do you think it feels to touch a ghost?

Ahh, Ben, that's **creepy**, I don't like to think what would happen if his **icy** hand ..." Darren schluckte nervös.
"Sir Frederick Linford, Duke of Esher, the ghost with the icy hand. Darren you're a **scaredy cat**."
"Oh, I'm sorry, I forgot. Ben Bergmann, the **fearless ghost whisperer**."
Ben neigte nur huldvoll den Kopf, eine würdevolle Verbeugung war in dieser Umgebung definitiv nicht drin.
Draußen auf dem Gang war ein fröhliches Pfeifen zu vernehmen, dann wurde kurz angeklopft und schon im nächsten Moment stand Goldwin in der Tür. Sein Fuß verharrte in der Luft. "Oops!", meinte er, die Klinke noch in der Hand. "Have you started looking for the yellow diamond already?"
Ben zog ein Gesicht. "As if ..."
"We've had a secret visit from Sir Frederick, and he was really **thorough**", unterbrach ihn Darren und sah drein, als wäre er Opfer eines Raubüberfalls geworden.
Ben hüpfte vom Bett und sprang flink zwischen den verschiedenen Haufen hindurch. "I hope we won't **get into trouble** with your mum because of this mess", meinte er.
"Why are you complaining? There's a great **advantage**: you won't have to waste time **searching for** your clothes anymore." Goldwin grinste und deutete auf das Kleiderchaos. "Everything is **on full view** now."

creepy gruselig
icy eisig
scaredy cat Angsthase
fearless furchtlos
ghost whisperer Geisterflüsterer
thorough gründlich
to get into trouble Ärger bekommen
advantage Vorteil
to search for sth nach etw suchen
on full view offen sichtbar

chewing gum
Kaugummi

Dann fiel sein Blick auf Bens Füße und er verschluckte sich beinahe. "Did you step in **chewing gum**?"

Keine Sekunde später traf ihn ein Kopfkissen mitten ins Gesicht.

Ein geheimnisvoller Brief

Goldwin, Ben und Darren beschlossen, erst mal zu frühstücken. Danach wäre immer noch genug Zeit, das Zimmer aufzuräumen. Die Gefahr, dass jemand ihren Schlafraum betrat und das Chaos entdeckte, war gering, denn sie hatten Goldwins Mum glaubhaft versichert, sie seien ohne Weiteres in der Lage, ihre Betten selbst zu machen. Schließlich waren sie Internatsschüler und da nahm einem diese Arbeit niemand ab, im Gegenteil. Schlampig hinterlassene Räume hatten zur Folge, dass einem entweder ein Teil des Taschengeldes oder der Ausgang gestrichen wurde.

Ben wusch sich nur rasch das schmierige Gel von den Füßen, dann schloss er sich Darren und Goldwin an.

Darren stocherte in seinem Rührei herum. "We can't wait until he comes back again", fand er.

Wer mit "er" gemeint war, brauchte Darren nicht ausdrücklich zu erklären.

archive Archiv
family tree Familienstammbaum

Die Vorstellung, dass ein Gespenst, oder genauer: ein Mann, der seit einer Ewigkeit tot und begraben war, unbemerkt in ihren Sachen gewühlt hatte, konnte einen schon nervös machen.

"I suggest as a next step that we look in the **archive** of Caedmon Castle. I'm sure there's a **family tree** or other notes in there somewhere." Ben trank von seinem Tee.

"Next step", wiederholte Darren. Seine Begeisterung hielt sich hörbar in Grenzen.
Goldwin beteiligte sich gerade nicht am Gespräch, sondern starrte mit offenem Mund auf Lady Jane Stancliff, die gerade das Esszimmer betrat. In Socken wanderte sie über den glänzenden Parkettboden, ein ausgelassenes "Hello **sweetie-pies**", auf den Lippen.

sweetie-pie Zuckerschnute
to snoop around herumschnüffeln

Was für eine Anrede! Ben nickte Lady Jane zu und schaute ihr hinterher. Etwas an ihr war komisch ... Als er erkannte, was es war, fiel ihm vor Schreck die Gabel aus der Hand. Klappernd landete sie auf seinem Teller. "She ... did you see *this*?"
Darren verrenkte sich den Hals.
"Look at the gunge sticking to her socks", empfahl ihm Ben.
Ihre weißen Socken waren an der Sohle und an den Rändern mit einem glibberigen bläulichen Zeug getränkt, das sich mit jedem ihrer Schritte auf dem Boden verteilte. "That's the stuff I stepped in this morning. She must **have been snooping around** in our room", regte er sich auf. "I can't believe it."
"Perhaps she felt sorry for us and wanted to help tidy up." Darren hielt das immerhin für möglich.
"Keep dreaming", meinte Ben.
"Hmhmm, so sorry!" Goldwin war das Ganze superpeinlich.
Sie beendeten ihr Frühstück und rannten in den ersten Stock hinauf, wo sich Darrens Traum vom Mitleid einer alten Dame augenblicklich verflüchtigte.

"Your mum will lock us in the torture chamber", meinte Ben und deutete auf die Gelabdrücke, die sich vom Bett bis zur Tür zogen und draußen auf dem Gang fortsetzten.
"It's only **shower gel**", gab Goldwin zurück.
"Yes and there's also shower gel on the stairs and all over the dining room." Ben blies die Backen auf. "Someone should **confiscate** her socks", schlug er vor.
"If you confiscate her socks my mum *really will* lock us in the torture chamber", versprach Goldwin.
"We must clean the floor, as fast as we can. Could you get some **cleaning stuff**? A **cloth** and some soap, maybe, and perhaps a bucket of water." Ben fand, sie sollten wenigstens die verräterischen Spuren in diesem Zimmer beseitigen, bevor es jemandem auffallen würde. "But first we should **make sure** that nothing has been stolen. Darren, can you check if anything is missing?"
"How should I do that?", meinte Darren. "You can**'t possibly** spot something that's missing in all this mess."
"What brilliant **logic**", fand Goldwin.
Während Ben auf Knien die Gelspuren am Boden entfernte, kümmerte Darren sich darum, ihre Kleidung aufzusammeln und wieder zusammenzulegen. Goldwin übernahm den Schrank. Darin hatten sich stapelweise Bettwäsche, Decken und sonstiger Kram befunden.

shower gel Duschgel
to confiscate beschlagnahmen
cleaning stuff Putzmittel
cloth Lappen
to make sure sich vergewissern
not possibly unmöglich
logic Logik

to disturb
stören
to answer the door
die Tür öffnen
all by oneself
ganz allein
slim
schlank

Goldwin bemühte sich nach Kräften, die Wäsche sorgfältig in die leeren Fächer zu bugsieren. Trotzdem sah es längst nicht so ordentlich aus wie vor dem Übergriff des Duke. Sir Frederick war wirklich nicht zimperlich gewesen.
Ben tauchte den Putzlappen tapfer in das inzwischen blau schimmernde, schäumende Wasser im Eimer.
Sie brauchten den ganzen Vormittag, um wieder einigermaßen Ordnung zu machen, und waren am Ende der Aktion entsprechend genervt.

Nach dem Mittagessen bot sich endlich die Gelegenheit, in die Bibliothek zu gehen. Goldwin fragte seine Mutter, ob sie die Tür abschließen durften. "We don't want to **be disturbed** by anybody", erklärte er.
"Alright. I'll knock three times when I bring you tea and biscuits. If no one **answers the door**, I'll eat the biscuits **all by** myself", drohte Maja Nellson augenzwinkernd.
"You'd never eat them alone, skin and bone as you are", versuchte Ben ein Kompliment.
"It's called **slim**", korrigierte ihn Goldwin.
"Anyway, thank you, Ben!" Maja Nellson lachte.
Die Jungen suchten sich jeder einen der bequemen Ledersessel aus. Danach wurde die Ausbeute fair durch drei geteilt. Goldwins Mum hatte von einem Ordner gesprochen und es handelte sich dabei um einen ziemlich dicken Vertreter seiner Art. Zwischen verschiedenen Dokumenten, einem Wappenverzeich-

nis und einem anderen, in dem die verschiedenen Adelstitel aufgelistet waren, fand sich auch Persönliches, wie Briefe und eine alte Familienbibel mit einem Stammbaum.
"What a mountain of documents ", merkte Darren an und zupfte wenig begeistert an den Papieren herum.
"Nobody'**s forcing** you to read them!", gab Ben zurück.
Es war kein Geheimnis, dass Darren alles vermied, was auch nur entfernt mit Lesen und Schreiben zu tun hatte. In den Ferien fand sich für gewöhnlich kein einziges Buch unter seinen Sachen.
"Come on, Darren, we'll do it together", sagte Goldwin.
"If someone wanted to hide something, it would be silly to draw a map of the hiding place, wouldn't it?" Darren stand auf, um die Flügeltüren zur Terrasse zu öffnen; so ein bisschen Frischluft würde Kopf und Nase freimachen. Wie sollte man richtig nachdenken, wenn der Staub der alten Papiere, der zudem von einem großen, leise brummenden Ventilator an der Decke in der Luft verteilt wurde, einem das Gehirn vernebelte?
"We'll need some clue to find the place where the diamond is hidden, something to lead us in the right **direction**", sagte Goldwin, während er Seite um Seite inspizierte. "Otherwise we won't **make** any **progress**."
Sie konzentrierten sich schweigend auf die Papiere, die Stille wurde nur von gelegentlichem Umblättern

to force sb
jdn zwingen
direction
Richtung
to make progress
Fortschritte machen

flimsy dünn

to crumble to dust zu Staub zerfallen

to bear responsibility Verantwortung tragen

farewell letter Abschiedsbrief

to make out entziffern

I can make nothing of it. Ich werde daraus nicht schlau.

to exhume exhumieren

to dig (dug, dug) up sth etw ausgraben

Neither do I. Ich auch nicht.

proof Beweis

und dem regelmäßigen Ticken der Kaminuhr durchbrochen.

Als es draußen zu dämmern begann, stand Goldwin auf und schaltete die Deckenbeleuchtung ein.

"Okay, guys. I might have found that clue!", verkündete Ben plötzlich.

"You *might* have found it?" Darren schaute skeptisch.

Ben hielt mit vier Fingern einen Brief in die Höhe, als wollte er Wäsche aufhängen. "It's a letter written in old-fashioned English, and the document is dangerously **flimsy**. Sneeze just once and almost four centuries will **crumble to dust**."

"I'm not sure I want to **bear** that **responsibility**", meinte Goldwin.

Ben legte das hauchdünne Blatt vorsichtig zurück auf die Schreibunterlage. "This is the **farewell letter** that Sir Frederick's father wrote to his son."

"Anything interesting in there?", fragte Darren.

Ben strich vorsichtig über das Blatt. "It's difficult to read", räumte er ein. "I can **make out** the words *yellow teardrop* and *a key is the answer.* Then ... *some lie in the field.* **I can make nothing of it**."

"Don't tell me that we have to **exhume** someone." Darren schüttelte sich. "I don't want to **dig up** any old bones."

"**Neither do I**" , versicherte Ben schnell. "Don't you understand? This letter is **proof** that the diamond is much more than a legend! It mentions a *yellow teardrop.*

Goldwin's mum told us about the diamond's special **cut**, remember? It was shaped like a teardrop."
Er hoffte, in dem Brief noch weitere Hinweise zu finden. Wenn er ihn nur lange genug studieren würde, vielleicht ...
Dreimal kurz hintereinander klopfte es an die Tür der Bibliothek und Goldwin ging, um zu öffnen. "Sounds like my mum."
Maja Nellson balancierte ein Teetablett, auf dem sich jede Menge süßes Gebäck türmte. "Time for tea and biscuits ", sagte sie.
Die Tür schwang auf und der Luftzug, der durch die geöffneten Flügeltüren entstand, beförderte Bens Entdeckung, den Brief, ins Jenseits.
Ben sprang auf und lief dem Blatt hinterher. Er versuchte danach zu fassen und einen Augenblick lang sah es tatsächlich so aus, als hätten seine Bemühungen Erfolg. An einem Stück schwebte der Brief zuerst über die Chippendale-Couch, als er jedoch vom Luftzug des Deckenventilators erfasst wurde, nahm das Unglück seinen Lauf. Die schwungvollen Drehbewegungen zerpflückten das kostbare Dokument gnadenlos.

cut Schliff

Am Ende landete der Brief auf dem Boden – in tausend winzigen Teilchen.
"Nooo!" Mit einem verzweifelten Aufschrei sank Ben auf die Knie.

Mut der Verzweiflung

Maja Nellson schreckte zusammen, als sie Ben schreien hörte. Sie begann zu laufen, die Tassen schlugen gegeneinander und der schöne Gebäckturm stürzte ein.

wrecked vernichtet
to mean to do sth etw absichtlich tun
to damage beschädigen
gone with the wind vom Winde verweht
fault Schuld

Goldwin nahm ihr rasch das Tablett aus den Händen, um Schlimmeres zu verhindern.
Seine Mutter beugte sich über Ben und legte ihm eine Hand auf die Schulter. Goldwin versuchte das Missgeschick zu erklären: "Just a moment ago we found a really interesting document and now ... it's gone. *Gone* like broken, destroyed, **wrecked**. It was an old letter."
Ben sah völlig fertig aus, als hätte seine Hockey-Mannschaft eine Niederlage eingefahren. "I'm so sorry, Mrs. Nellson, I didn't **mean to damage** the old document", bat er um Verzeihung. "You asked us to be careful with it, and now look what I've done!" Er kroch auf dem Fußboden herum und versuchte, wenigstens noch ein paar Überreste des Briefes zu retten.
"Ben, I know you didn't mean to destroy it", beschwichtigte Goldwins Mutter. "**Gone with the wind**. That could have happened to anybody."
"But *I* was the one who did it. It was my **fault**", flüsterte Ben.
Darren schloss die Flügeltüren; dass es dafür zu spät war, brauchte ihm niemand zu sagen. Das Tablett stand noch immer unangetastet zwischen ihnen auf

dem Tisch. Darren und Goldwin versuchten, Ben ein wenig aufzuheitern, doch vergebens.
"I'm sure we'll find another interesting document, if we search a bit longer. Tomorrow we'll **have another go**", schlug Goldwin vor.
"As long as we don't have to exhume aristocratic bones", versuchte Darren einen etwas makaberen Scherz.

to have another go es noch einmal probieren

Doch Ben blieb untröstlich und hörte nicht auf, sich Vorwürfe zu machen. "I feel *so* stupid. In museums and archives they never touch old documents without gloves."
So verlief der Rest des gemeinsamen Abends in bedrückter, etwas ratloser Stimmung und eher schweigsam.
Abends im Bett grübelte Ben über den Inhalt des Briefes nach. Ob er noch mehr hätte herauslesen können? Die Hinweise waren ja nicht sonderlich vielversprechend. So würden sie den Diamanten nie finden. Gäbe es doch nur jemanden, den er danach fragen könnte ...
Da kam ihm eine Idee. Es war eine völlig hirnrissige Idee. Zudem eine, die einigen Mut erforderte. Doch bevor er es sich noch anders überlegen konnte, griff er entschlossen nach seiner Brille und schlug die Bettdecke zurück.
Darren neben ihm schlief. Er lag zusammengerollt da wie eine Katze und verschwand nur halb unter der Daunendecke, die er bis zu den Ohren hochgezogen hatte. Ein Holzkreuz lag am Fußende des Himmelbettes.

Ben grinste. Darren dachte wohl, das würde ihn vor einem erneuten Gespensterbesuch bewahren.
Er schlich lautlos zur Tür, machte sie vorsichtig auf und spähte den Gang entlang. Leer. Eine kleine Lampe mit hellem Stoffschirm warf diffuse Schatten an die Wände und gab Ben die Richtung vor. Als er an der alten Standuhr vorbeiging, begann diese plötzlich zu schlagen. Er fasste sich vor Schreck an die Brust.

spooky
gruselig

"Why did nobody ever warn me how **spooky** a castle can be at night?", meinte er halblaut. "My parents always told me that there's no such thing as ghosts. If only they knew ..." Ben führte den ganzen Weg nach unten leise Selbstgespräche, um sich zu beruhigen. Die Treppen waren mit Teppichen ausgelegt, sodass seine Schritte nicht zu hören waren.
Unten brannte eine weitere Wandlampe. Er fand es einigermaßen beruhigend, dass es nirgends völlig dunkel war. An eine mögliche Nachtwanderung hatte er nämlich gar nicht gedacht.
Ben verharrte einige lange Sekunden vor der Tür zur Bibliothek. Beinahe hätte er angeklopft. "You're pretty crazy, Ben Bergmann", sagte er zu sich selbst. Erneut ein Zögern.
"Okay, now or never!" Er drückte die Klinke nieder.
Im Zimmer war niemand, aber was hatte er auch erwartet?
Die dunklen Buchrücken glotzten ihn herausfordernd an und er beeilte sich, den Schalter für die Stehlampe zu drücken. Er würde die Tür einen kleinen Spalt offen lassen, für alle Fälle.

Ben setzte sich im Schlafanzug auf die lederne Chippendale-Couch. Sie fühlte sich kühl an.
"Sir Frederick", begann Ben. Dann etwas lauter: "Your Grace ... My Lord. Please, may I talk to you? My name is Ben Bergmann and ..."
Tja, und was weiter?
Plötzlich kam er sich wie ein kompletter Idiot vor. Das hier war wahrscheinlich die dümmste Idee der Welt. Aber nun saß er hier und es gab kein Zurück mehr. "It's about the diamond and the letter from your father."

to figure
annehmen
to contact sb
mit jdm Kontakt aufnehmen

Wie um Himmels willen erklärte man einem Gespenst, dass man so etwas wie eine Übersetzung brauchte?
Vor der Bibliothek waren leise Schritte zu hören. Die Tür wurde sachte nach innen gedrückt. Ben hätte sich am liebsten in die Ritze der Couch verkrochen. Sein Herz klopfte, als würde ein Drummer einen Rockbeat spielen.
Eine Gestalt kam zur Tür herein. Sie hatte etwas in der Hand und hielt es auf Armlänge von sich gestreckt. Dahinter tauchte eine zweite Gestalt auf.
"Ben, it's us", sagte Darren leise und Goldwin schloss die Tür hinter sich.
"Did you come in here because of me?", fragte Ben und jetzt sah er auch, was Darren mitgebracht hatte. Es war das Holzkreuz.
"What kind of question is this? You should have seen your face when the letter crumbled into pieces. You also talked a lot about interviewing Sir Frederick. We just **figured** that you might be here in the library trying to **contact** him. Honestly, I would never have dared

to come in here alone at night", bekannte Goldwin. "We had a **lengthy** discussion, about **whether** we should go downstairs to join you. In the end we decided that it was better to do these scary things together."

Darren und Goldwin setzten sich zu Ben auf die Couch.

lengthy ausführlich
whether ob

"What do you think? Will he appear?", fragte Darren und hielt sich weiter an seinem Kreuz fest.

"Shhhh", machte Ben. "Be quiet!"

Sie drückten sich auf der Couch Schulter an Schulter aneinander. Die Wärme des Tages war einer unangenehmen Kühle gewichen. Im Hintergrund tickte die Kaminuhr und dazwischen hörte man nur leises Atmen.

Ben schaute in die Runde und lauschte auf jedes Geräusch. Einmal glaubte er, vor den Fenstern etwas gesehen zu haben; eine Katze lief draußen vorbei und ihre Augen spiegelten sich für einen kurzen Moment in der Scheibe. Unvermittelt sprang sie fauchend zurück und ergriff die Flucht, den Schwanz gesträubt, als hätte sie soeben einen elektrischen Schlag abbekommen. Ben griff unwillkürlich nach Goldwins Arm. Nebel bildete sich. Durchscheinende Schwaden wirbelten im Kreis wie Wasser in einem Abfluss, formierten und verdichteten sich, bis ein Gesicht zu erkennen war.

War es eben noch in sicherer Entfernung, ein bloßes Nebelgebilde außerhalb des Hauses, wurden die drei jetzt Zeugen einer Auferstehung aus dem Grab. Vor ihnen stand ein junger Mann in altmodischer Kleidung und mit einem Schwertgürtel über der Hüfte.

"I must be dreaming." Darren rieb sich mit einer Hand über die Augen.
Ben bemühte sich, seine Furcht nicht zu zeigen. "Sir Frederick?", vergewisserte er sich.
Der Mann nickte wie in Zeitlupe. Argwöhnisch betrachtete er Ben, Goldwin und Darren. Sein Blick blieb auf dem Kreuz haften.
"Such a silly dream", sagte Darren. "And so *very* **believable**."

believable
glaubwürdig

Goldwin, der Sir Frederick nie zuvor zu Gesicht bekommen hatte, fasste unwillkürlich nach seiner weißen Strähne und etwas Seltsames geschah. Sir Frederick schien sich an etwas zu erinnern. Sein Gesicht hellte sich auf, er bildete mit den Armen eine Wiege und begann zu schaukeln.
"My God, it's real", krähte Goldwin in Sir Fredericks Richtung. "You really touched my head when I was a baby." Er knuffte Ben und Darren in die Seite. "I can't believe it!"
"Your Grace", begann Ben respektvoll, "unfortunately the letter ..." Er wollte noch etwas sagen, aber sein Herz klopfte schon wieder so laut, dass er seine eigene Stimme nicht mehr hörte.
Sir Frederick legte eine Hand auf die Schreibunterlage, sie schien für einen Augenblick gänzlich im Holz des Tisches zu verschwinden.
Dann zog sich der Geist zurück, beschrieb eine Verbeugung in ihre Richtung, und an genau der Stelle, an der Ben, Goldwin und Darren soeben noch seine Gestalt gesehen hatten, standen nun wieder Regale und Bücher.

There goes sth. Das war's dann wohl mit etw.
exclusive interview Exklusivinterview
to take a picture ein Foto machen
crucifix Kreuz
fellow Kumpel
to not sleep a wink kein Auge zutun

"**There goes** my **exclusive interview** with a real ghost", murmelte Ben. "What a pity!"
"I should have **taken a picture**. That would have made it easier to believe what has just happened." Goldwin schüttelte den Kopf.
Darren legte das Kreuz beiseite und holte erst mal tief Luft.
"Tonight I'd like to keep the **crucifix**", beschloss er.
Goldwin schaltete das Licht ein. "Come on, **fellows**, let's have a hot chocolate. I feel cold. Anyway, I could**n't sleep a wink** now."
Ben und Darren gaben ihm recht. Ihnen ging es genauso.
"Hey!", Ben machte einen Luftsprung und gestikulierte wild herum. "Look at that!"
"What's the matter?", fragte Darren.
Er und Goldwin standen unmittelbar hinter ihm. Auf dem Schreibtisch lag ein Brief. *Der* Brief! Ben tippte ihn vorsichtig an, um zu sehen, ob er auch tatsächlich echt war. Er war echt und an ihm fehlte nicht das kleinste Fitzelchen.

Von Geisterhand

Goldwin machte in der großen Küche des Schlosses Milch heiß und verteilte reichlich Schokoladenpulver auf drei große Tassen. Alle drei waren sie noch immer absolut hin und weg von ihrem Erlebnis in der Bibliothek. Wer wollte da schon schlafen?

Goldwin erzählte immer wieder mit verklärtem Gesicht, wie Sir Frederick ihn wiedererkannt hatte, und Ben war völlig perplex über die wundersame Wiederherstellung des Briefes.

"This time I'll protect it properly and wear gloves", versprach er, obwohl er gestern in der Bibliothek den Brief mit Handschuhen sicher auch nicht hätte vor dem Zerfall bewahren können.

Es war schon recht spät – oder eher sehr früh –, als sie auf leisen Sohlen in ihre Zimmer zurückschlichen. Zuvor hatten sie noch die Küche aufgeräumt, die Tassen abgespült und wieder in den Schrank gestellt, damit niemandem das benutzte Geschirr auffiele.

Darren trug das entwendete Kreuz vor sich her, das Goldwin gleich am nächsten Morgen wieder in die Kapelle zurückhängen wollte.

"What are you going to say if somebody notices the crucifix?", flüsterte Ben.

Darren murmelte irgendwas von ***piety*** und schlich weiter den Gang entlang.

piety
Frömmigkeit

Am nächsten Tag fiel das Aufstehen nicht gerade leicht. Ben und Darren wälzten sich noch einige Male von einer Seite auf die andere. Der Vormittag war be-

reits fortgeschritten, als ein Klopfen an der Tür die beiden Langschläfer weckte.
Goldwin stand in Jeans und T-Shirt in der Tür.
"I can't believe that you're still asleep!", beschwerte er sich und klang dabei auch noch ziemlich munter. "Come on, get up!"
Ben und Darren schauten einigermaßen belämmert drein, als er ihnen die Decken wegzog.
Goldwin wartete, bis die Freunde sich gewaschen und angezogen hatten, dann machten sich alle auf den Weg zum gemeinsamen Frühstück.
"The first thing I'm going to do today is bring the crucifix back to the **chapel**", sagte Goldwin.
"Okay, and **afterwards** we'll **study** that letter", meinte Ben. "I wonder how Sir Frederick managed to **restore** it. There was nothing left of it but **tiny shreds** of paper."
"Whatever was written in this letter didn't **give** enough information to find the diamond, did it?", merkte Darren an.
Goldwin wischte sich den Mund ab und stand auf, um Darrens Symbol der Angst wieder an seinen Platz zu hängen. "Wait a **second**", sagte er. "I'll be right back."

chapel Kapelle
afterwards danach
to study untersuchen
to restore wiederherstellen
tiny winzig
shred Schnipsel
second Sekunde

Als die drei wieder in der Bibliothek versammelt waren, machte sich Ben daran, den Brief noch einmal zu lesen. Er zog aus der Tasche seiner Jeans ein Stofftaschentuch und tupfte damit über das Dokument.

"Well, it definitely won't be your fault if that letter gets destroyed again", versicherte ihm Goldwin.
"I'd **rather** be too careful than not careful enough: **better safe than sorry**", fand Ben und begann zu lesen.
Doch wie schon beim ersten Mal kam er nicht weit. "I can't understand a word of it – it might **as well** be written **in Greek**", beschwerte er sich.
"Let's try **once more**. There we have *lie down in the field* and ... a *key*. What field does it mean? There are **plenty** all around the castle as far as I've seen. And, after all, you don't **unlock** fields with a key, do you?"
"I'm not convinced that the letter **holds** the secret of the hidden diamond", meinte Goldwin zweifelnd, "but the word *field* could also **stand for** a part of a **coat of arms**. Look, there's one hanging over the chimney." Er deutete auf das Familienwappen, das ein Künstler eines vergangenen Jahrhunderts über dem Kaminaufsatz abgebildet hatte. Allerdings hatte sich Goldwin nie sonderlich für Wappen, ihre Symbolik und die Wahlsprüche interessiert. "I don't know much about this", musste er zugeben. "Why don't we look it up in our book about **heraldry**?"
Darren erinnerte sich, dass dieses Buch gestern bei den Sachen gelegen hatte, die auf seine Durchsicht warteten, und schlug es auf.

rather lieber
Better safe than sorry. Vorsicht ist besser als Nachsicht.
as well ebenso gut
in Greek auf Griechisch
once more noch einmal
plenty viele
to unlock aufschließen
to hold sth etw in sich bergen
to stand for bedeuten
coat of arms Wappen
heraldry Wappenkunde

In dem dicken Wälzer waren die jeweiligen Familien aufgeführt und der Name desjenigen, der den Titel verliehen bekam. Daneben eine Zeichnung des Wappens und dann gab es jeweils auch noch eine genaue Beschreibung, was man auf diesen Schildern sah, die meist in vier Felder unterteilt waren.

"It says that many coats of arms **contain** an **heraldic motto** or a phrase. What on earth is an heraldic motto? All this is too hard for me to **grasp**", stöhnte Darren, was ihm jedoch nichts half.

"Don't tell me you're tired. You are a clever boy, you can do it", entgegnete Ben unbeeindruckt, und so machte sich Darren etwas unwillig daran, die schwarzen Flecken in dem Buch zu entschlüsseln, die man *Buchstaben* nennt. Das hier fiel eindeutig unter *Weiterbildung*.

"Here's the summary", meinte er schließlich. "The heraldic motto describes the views and opinions of the **bearer** of this coat of arms. It may also refer to certain **attributes** and **achievements**. Some of them sound a bit **pompous**", fand er. "'God is my **justice**' or 'Better death than **dishonour**' or 'All for one and one for all'." Darren schaute von seiner Wappensammlung auf. "I thought that last one was the motto of the **Musketeers**."

Typisch Darren!

"The **author** of the book might have invented it", meinte Ben.

to contain sth
etw enthalten
heraldic motto
Wappenspruch
to grasp
begreifen
bearer Träger
attribute
Eigenschaft
achievement
Errungenschaft
pompous
pompös
justice
Gerechtigkeit
dishonour
Schande
Musketeer
Musketier
author
Autor

"The author of what book? I'm talking about the film", gab Darren zurück. Ben und Goldwin stöhnten.
Goldwin deutete auf das Familienwappen über dem offenen Kamin. "I guess we have a really boring motto", sagte er. Ben stellte sich unter den gemauerten Kamin, um lesen zu können, was auf dem Spruchband stand, das sich unterhalb des Wappens um die Blattverzierungen wand. Zuerst las er es für sich, dann noch einmal laut. "This **solitary** rose will never see the **canopy of stars**."
"Very **confusing**", meinte Darren.
Bis zum Mittagessen zerbrachen sich Goldwin, Ben und Darren in der Bibliothek die Köpfe, wälzten Bücher und Papiere und rätselten über dem Brief. Darren bemühte sich redlich, das Heraldikbuch durchzuackern. Das Wappen, das den Kamin zierte, suchte er allerdings vergebens. Vom vielen Lesen und Vergleichen brannten ihm bald die Augen und schließlich klappte er das Register zu.
Goldwin sah Darren an, als wollte er ihn hypnotisieren.
"I guess you want to **go on strike**", sagte er schließlich grinsend.
"Be quiet", muffelte Darren. "I need a **rest**."

solitary einzeln
canopy of stars Sternenhimmel
confusing nebulös
to go on strike in Streik treten
rest Ruhepause

Unwetter

Es begann kurz nach dem Mittagessen.
Schon bei Tisch war die Rede davon gewesen, dass ein Sturmtief aufziehen würde, und mit ihm waren schwere Regenfälle im Laufe des Nachmittags und der Nacht angekündigt.
Innerhalb der dicken Mauern des Schlosses war noch kaum etwas davon zu hören, doch im Freien riss der böige Ostwind alles, was nicht niet- und nagelfest war, mit sich fort.
Goldwins Vater war in aller Frühe nach London gefahren und hatte sich den Termin für seine Rückkehr offengehalten. Die Banken befanden sich momentan in einer weltweiten Krise und Magnus Nellson besaß für Notfälle wie diesen ein kleines Apartment in der Stadt.
So waren die drei Jungen im Augenblick, abgesehen von Fred Astaires ehemaligem Stepppartner, die einzigen männlichen Wesen im Schloss.
Ben und Darren waren gerade dabei, ihre Jacken anzuziehen, um zusammen mit Goldwin noch ein wenig die Umgebung zu erkunden, doch viel zu schnell wurde die Welt um sie her trüb und dunkel. Dicke, graue Wolken überzogen den Himmel und gleich darauf fielen daraus Regentropfen so groß wie Murmeln.
"No chance", sagte Darren. "The weather is just too awful."
Er war eben dabei, seine Jacke wieder auszuziehen, da segelten am Fenster vor ihrem Zimmer Wäschestücke vorbei. "Ben ... look here!" Darren deutete auf die flatternden Kleidungsstücke. Es sah aus, als würde

dort die komplette Füllmenge eines Waschautomaten herumgewirbelt. Auf dem Gang kam ihnen Goldwin entgegen und beinahe im gleichen Moment stürzte auch schon Lady Jane Stancliff, ihren Regenschirm im Anschlag, auf sie zu.

"My finest **garments**!", jammerte sie.

"Don't worry, we'll **take care of it**", versicherte ihr Ben.

"Please be very, very careful. The muff is a **keepsake** from Prince Charles, the **cape** was a present from the **Count** of Norfolk. Lady Wellington gave me the **silk scarf**, and the **bodice** ..."

"**Run for it**, I don't want to know who gave her the bodice", murmelte Darren und gab Fersengeld.

Der Wind hatte ganze Arbeit geleistet. Überall auf dem Grundstück fanden sich Lady Janes adlige Designergeschenke.

garment Kleidungsstück
to take care of it sich darum kümmern
keepsake Andenken
cape Umhang
Count Graf
silk scarf Seidenschal
bodice Mieder
Run for it! Zischt ab!
to hang out aufhängen
to overlook sth etw übersehen

"What was she thinking? Nobody **hangs out** clothes in such weather." Goldwin schaute gallig drein.

Sie beeilten sich, alles aufzusammeln, aber es dauerte nicht lange und sie waren trotz ihrer Jacken nass bis auf die Haut.

"Look, Darren ... there's a cat in the tree", meinte Ben plötzlich und deutete auf eine mächtige Eiche, in der sich der Nerzmuff verfangen hatte.

"Prince Charles. Should we leave it where it is? We could pretend to have **overlooked** it." Darrens Blick bat um Unterstützung.

to get over the loss über den Verlust hinwegkommen
freezing cold eiskalt
to suffer from acrophobia Höhenangst haben
to jiggle rütteln
dripping wet triefnass
catfish Katzenfisch
momentarily kurzzeitig
to be blinded blind werden

"Had it been the Count of Norfolk, she'd soon **get over the loss**, but in this case ... Any volunteers?" Bens Aufforderung weckte allgemeine Begeisterung.

"It's **freezing cold**", beklagte sich Darren.

"Did I ever mention that I **suffer from acrophobia**?", sagte Goldwin.

"Okay", lenkte Ben ein. "I'll do it then. Do you think the muff might fall down, if I **jiggle** the branches?"

"Good idea." Goldwin lehnte sich mit dem Rücken gegen den dicken Stamm und formte mit seinen Händen eine Räuberleiter.

Ben war flink und die Eiche gut gewachsen, sodass seine Füße überall Halt fanden. Den Nerzmuff im Blick, begann er an den Ästen zu rütteln. Und tatsächlich fiel ihm kurz darauf der Muff in die Arme.

"Yikes, Price Charles smells like a **dripping wet catfish**", rief er und warf ihn zu Darren hinunter.

Die Jungen packten sich die Arme voll und liefen mit ihrer Beute zurück zum Schloss. "I hope, we haven't overlooked anything", meinte Goldwin. "Anyway, I'm not going out there again." Aus seinen Schuhen drang bei jedem Schritt ein grausiges Schmatzen.

"No one got Lady Jane's bodice?", fragte Darren.

"I don't know because I**'ve been momentarily blinded**", behauptete Ben. Von seinen Brillengläsern lief das Wasser und in seinen Augen schien ein ganzer Ozean zu schwimmen.

Endlich erreichten sie das Schlossportal.
"Now a hot chocolate would be great", schwärmte Darren, "next to the fireplace."
Ben war der Letzte und schloss die Türen hinter sich.
Sie wollten gerade ihre Fundstücke präsentieren, doch bevor Lady Jane sich von der Unversehrtheit ihrer Kleidung überzeugen konnte, tat es einen Knall und wurde dunkel.
"The ghost!", kreischte die alte Dame und zupfte an Goldwins Jacke, aber der meinte schlicht: "**Power cut**."
Im Kamin in der Bibliothek brannte tatsächlich ein Feuer und auf dem Tisch stand eine Platte mit kleinen Kuchen und die ersehnte heiße Schokolade.
"You **deserve** it, sagte Goldwins Mum. "Now get out of these wet clothes and make yourselves **comfortable**. I'm sure we'll be without **electricity** for quite a while." An der Tür drehte sie sich noch einmal um und sah die drei kritisch an.
"**By the way**, this letter ... it looks as if nothing happened to it. **I'm dying to** know how you did *that*!"
"We'll explain everything soon", beteuerte Goldwin, "but **for the time being** we'd prefer to **keep** the secret **to** ourselves."
Maja Nellson zog die Augenbrauen hoch. "**I'll take you up on that**! If you want to be left alone now...", meinte sie und ihre Lippen formten lautlos: *Lady Jane* ... "lock the door."

power cut Stromausfall
to deserve sth etw verdienen
comfortable bequem
electricity Strom
by the way übrigens
to be dying to do sth etw brennend gern tun wollen
for the time being fürs Erste
to keep sth to oneself etw für sich behalten
I'll take you up on that. Ich nehme euch beim Wort.

Die Freunde bedankten sich mit einem verschwörerischen Grinsen für den Tipp. Nachdem die Tür hinter Maja Nellson zugefallen war, entledigten sie sich zuerst der nassen Kleidung und drehten als Nächstes den Schlüssel im Schloss herum.

In der Bibliothek sorgten neben dem Kaminfeuer eine Öllampe und einige Kerzen für gedämpftes Licht.

Draußen schien der Sturm währenddessen immer heftiger zu werden. Der Wind fing sich in den Zwischenräumen des alten Gemäuers und sein Heulen klang, als wäre jemand in ernsthaften Schwierigkeiten. Der Regen peitschte die Bäume und schlug horizontal gegen Fenster und Türen.

Dann waren ein Knacken und ein gewaltiger Rumms zu hören.

Darren stand auf, um zu schauen, was los war. "Oh", machte er. "How awful! A tree **has fallen over** ... and I bet it was almost as old as the castle itself."

Eine riesenhafte Ulme lag quer über dem Rasen, das Wurzelwerk zu einem großen Teil aus dem Erdreich gerissen. Einige Äste ragten mit ihren Blättern in Richtung der großen Terrassentüren der Bibliothek.

"Probably it was weak or already dead." Goldwin lud sich unbeeindruckt noch ein Stück Kuchen auf seinen Teller.

"**Healthy** trees with strong **roots** don't fall over in a storm."

"Lady Wellington is hanging on one of its branches. **Just in case** somebody asks: I haven't seen it there."

to fall over umstürzen
healthy gesund
root Wurzel
just in case nur falls

Der Seidenschal flatterte heftig zwischen den Blättern

im Wind. Darren legte sich eine Hand vor die Augen, um seiner Behauptung Nachdruck zu verleihen, und tappte zur Couch zurück.

Das gemeinsame Abendessen wurde im Schein zahlreicher Kerzen im Rittersaal eingenommen. Die Flammen tanzten auf den Gesichtern und verliehen ihnen einen unwirklichen Glanz.

"It's a good thing that the **stove** in the kitchen works without electricity", meinte Ben und tranchierte den Flügel der Ente.

"How can you possibly still be hungry? After all those sweets you ate", staunte Darren.

"Sweets feed my **brain**, not my stomach", gab Ben munter kauend zurück.

Sie saßen in ihrer Dreierformation beieinander. Es war ihnen gelungen, nicht direkt neben Lady Jane Stancliff zu sitzen.

stove Herd
brain Gehirn
search Suche
cursed verflucht
to have no choice keine andere Wahl haben
long-forgotten längst vergessen
to break a curse einen Fluch brechen

"I thought about Sir Frederick and his **search** for the stone", sagte Ben leise. "What'll happen if we manage to find the diamond?"

"I can't imagine we'll ever find it", meinte Darren.

Ben legte sein Besteck auf den Teller und nahm die Serviette. "I guess that Sir Frederick is **cursed** and he **has no choice** but to find the Laval Diamond. If we find it, we'd not only discover a famous and **long-forgotten** jewel, but we might also **break** the **curse**."

"Yeah, we'd be real heroes!" Goldwin lachte.

Das Abendessen verlief diesmal ruhig. Kein lautstarker Geisterbesuch. Es sah so aus, als würde Sir Frederick die Suche nunmehr den Jungen überlassen.
"I'm off to find Lady Wellington", verkündete Darren nach dem Essen.
"Are you sure? You said that you wanted ... nothing to do with that", sagte Ben.
"Yes, and you said that you hadn't noticed it", erinnerte ihn Goldwin.
"That scarf **is waving at** me like the crazy captain ... in that film."

to wave at sb
jdm zuwinken

"Moby Dick", sprang Ben helfend ein.
Darren nickte und schnappte sich eine Taschenlampe.
Die Operation würde nicht lange dauern, das Teil war ja weithin sichtbar. Es stürmte immer noch, aber wenigstens hatte der Regen für den Augenblick aufgehört. Darren marschierte auf den umgestürzten Baum zu, fest entschlossen, Lady Wellington zu befreien.
Ben und Goldwin gingen zurück in die Bibliothek. Ben legte Holz im Kamin nach und fachte das Feuer wieder an, während Goldwin die heruntergebrannten Kerzen gegen frische austauschte. Das brennende Streichholz in der Hand, hielt er plötzlich inne.
"Do you hear that noise?", fragte er Ben und lauschte. "Somebody's screaming out there."
Ben horchte, vernahm aber nur das Heulen des Windes. Goldwin hatte sich bestimmt verhört. "I don't think so. It's probably just the wind." Er nahm zwei der großen Leuchter und stellte sie auf den Kaminsims.

"What's taking Darren so long? It can't be that hard to pick that old scarf off the branch."
"Listen, I can hear another scream. Something must be wrong!" Goldwin war sich jetzt sicher, einen Schrei gehört zu haben.
"All right, let's go and **check** it **out**." Ben seufzte. Er war wenig begeistert von der Aussicht, womöglich schon wieder nass zu werden.
Sie schlüpften in ihre Schuhe und rannten quer über den Rasen. Überall lagen Zweige und Äste, es sah ein bisschen aus wie auf einem Schlachtfeld. Doch Darren war nirgends zu sehen.
"Hello, is anybody up there?", klang es dumpf von irgendwoher.
"Can trees talk?", fragte Goldwin.
"Goldwin ... Ben ... please help me out of here", schrie Darren. Die Stimme kam von unten. "I've fallen into a hole. There's a secret tunnel and the **scurrying** noises down here sound suspiciously like rats. Please come and help me!" Darren war die Panik anzuhören.
"A secret tunnel?" Ben hatte das Loch endlich gefunden und ließ sich auf die Knie fallen, um in den Gang hinunterzuleuchten. "Wow, this must be one of those ancient tunnels that people used to **secretly** leave the castle."
"Ben, come on, hurry! I don't like it down here." Den letzten Satz kreischte Darren.
"**Hang on**", lautete Bens Durchhalteparole, als ob Darren eine Wahl hätte. "We'll try to find a rope."

to check sth out etw überprüfen
scurrying trippelnd
secretly heimlich
to hang on durchhalten

Goldwin überlegte fieberhaft, wo am schnellsten so etwas aufzutreiben sein würde. "I'll take a look", sagte er und schnippte mit den Fingern. "One second ..."
Er lief los und kam schon kurze Zeit später derart bepackt zurück, dass man meinen könnte, er hätte einen Gipfelsturm geplant.
"We don't need to **climb** Mount Everest", kommentierte Ben und nahm ihm die Kletterausrüstung ab. "Darren, **hang on tight**, we'll pull you up."
"It's a good thing he's a **lightweight**", sagte Goldwin.

to climb besteigen
to hang on tight sich festhalten
lightweight Leichtgewicht
to have had it hinüber sein

Mit vereinten Kräften gelang es ihnen, den Freund aus seiner misslichen Lage zu befreien.
„I'll never forget how long you left me down there with those rats", raunzte Darren, kaum dass er wieder festen Boden unter den Füßen hatte.
Ben packte erschrocken Darrens Arm. "Did you hurt yourself?"
Darren blickte auf den ehemals weißen Schal, den er im Sturz festgehalten und mitgerissen hatte und der noch immer um seinen Unterarm geschlungen war. "I'm fine, but Lady Wellington **has had it**!"
Ben, Darren und Goldwin hatten kaum das Portal erreicht, da begann es erneut zu regnen und in Kürze hämmerten längliche Tropfen wie Nägel auf die Welt ein. Goldwin verstaute die Ausrüstung wieder im Geräteraum. Sie würden die Sache mit dem Gang natürlich erzählen müssen – nicht Darrens Sturz, aber die Tatsache, dass sich dort im Garten unter der alten Ulme ein riesenhaftes Loch auftat.

"I'll **surprise** my mum with this news tomorrow morning", sagte Goldwin. "It's too dark anyway to take a closer look now."

"This **underground passage calls for** closer **investigation**", fand Ben und niemand brauchte ihn zu fragen, was er damit meinte. "I can't believe it! We've discovered a secret passage", jubelte er. "I hope we can find out where it ends."

"There's nothing down there apart from rats and probably lots of fat spiders. Certainly *no* diamond." Darren konnte sich lebhaft vorstellen, was Ben im Sinn hatte. Er stöhnte.

"Darren, are you alright?", erkundigte sich Goldwin.

"I'm okay. I was much more afraid of the rats than anything else", gab Darren zurück.

"We can't possibly **ignore** such **a** golden **opportunity**." Ben schüttelte entschlossen den Kopf.

to surprise überraschen
underground unterirdisch
passage Gang
to call for erfordern
investigation Untersuchung
to ignore an opportunity eine Gelegenheit verstreichen lassen

"Yeah, I love secret passageways, too", sagte Darren sarkastisch. Er hob den Schal hoch und fragte: „What shall we do with this?"

Ben nahm ihn an sich und sagte: „Get rid of it. Wait a second, I'll be right back."

Lady Wellington taugte nur noch für den Müll. Er knautschte den Schal zusammen, schnappte sich mit der anderen Hand Darrens Taschenlampe und steuerte mit dem nassen Knäuel den nächsten Abfalleimer an. Noch hatte ihn niemand gesehen.

Er klappte gerade den Deckel auf, da schlug ihm eine Hand auf die Finger. Vor Schreck ließ Ben den Schal los, der lautlos in der Tonne landete.

rascal Lausebengel
impertinent unverschämt
behaviour Benehmen
scoundrel Halunke
to be on the run auf der Flucht sein

"You're pushing it … you **rascal**!", wetterte Lady Jane.

"It's not what you think", rechtfertigte sich Ben. "Lady Wellington is ruined."

"What **impertinent behaviour**!", beschwerte sich die alte Dame.

Ben versuchte seine Hand wegzuziehen, doch jetzt donnerte der Deckel schmerzhaft auf seine Finger.

"Ouch!", rief er aus. Dann machte er kehrt und begann zu laufen, so schnell wie möglich weg von diesem Ort des Grauens. Hinter sich hörte er Lady Jane schimpfen: "**Scoundrel** …"

Ihre schrille Stimme schien ihn zu verfolgen. Ben musste daran denken, dass diese Lady ihnen unlängst noch ehrlich leid getan hatte.

Der Flur lag zur Hälfte im Dunkeln, nur eine Petroleumlampe verteilte ihr Licht nach beiden Seiten.

Ben bremste mit quietschenden Gummisohlen vor der Tür der Bibliothek, stieß sie auf und schoss mit erhobener Taschenlampe ins Zimmer, wo Darren und Goldwin gerade dabei waren, die Silberleuchter in Position zu bringen. Ben prallte gegen Darren, der Schwung warf sie beide um und Darren landete unsanft mit dem Hinterteil auf dem Boden, während Ben auf ihm zu liegen kam.

"**Are** you **on the run**?", maulte Darren.

Ben fischte nach seiner Brille, die durch den Sturz jetzt auf Scheitelhöhe hing, und rappelte sich hoch. "You might say that." Er rieb sich die Hand. "Lady Jane caught me throwing Lady Wellington into the bin. **I've had her up to here**." Er machte eine Geste mit der flachen Hand vor dem Kinn. "There's always trouble with her." Er zog sich den Pulli über den Kopf und legte ihn auf die Couch.

I've had her up to here. Sie steht mir bis hier.
medal Orden
moonstruck mondsüchtig
full moon Vollmond
nightgown Nachthemd

"You should get a **medal** for your fearless action – at least the Red Cross", erklärte Goldwin ernsthaft.
"Why have I never heard of that medal?", meinte Darren zweifelnd.
"You should've seen Lady Jane's adventure last summer", sagte Goldwin und lachte. "She was **moonstruck** or whatever it's called. Anyway, she was wandering around the castle during **full moon**, dressed only in her **nightgown**. We finally found her on top of the tower", erzählte Goldwin.
"It never gets boring here, does it?", stellte Darren fest.
Ben lachte, ohne zu ahnen, dass ihm das bald vergehen würde. Er hatte sein Brillengestell wieder dorthin geschoben, wo es hingehörte, und war eben dabei aufzustehen, als ihm etwas Eigenartiges auffiel.
Sein ausgestreckter Finger deutete auf das Wappen über dem Kamin. "Goldwin ... has this always been there?"
"Of course", meinte Goldwin, "we read this phrase when we came here earlier: *This solitary rose will never see* ... and so on. Remember?"

"Take a good look", sagte Ben. "Here, there's something new. I'm absolutely sure that this was a plain golden field, nothing more, and now ..."
Darren hatte es auch bemerkt: Im Schein der Flammen war in diesem Feld ein Schlüssel zu erkennen.
"Sir Frederick's father wrote 'lie in the field' and 'key'. Here it is, in the middle of the field – the key. **Incredible**!" Er klang richtiggehend aufgeregt.
Goldwin berührte das Wappen. Dann nahm er die beiden Kerzenleuchter fort und mit dem Licht verschwand auch der Schlüssel – das weiß-goldene Feld war leer wie zuvor.
"The key is the answer", gab Darren Bens Übersetzung des Briefes wieder.
Sie stellten die Leuchter zurück auf den Kaminsims und mit dem Kerzenlicht kehrte auch der Schlüssel zurück.

incredible unglaublich
banner Spruchband

"Let's think about this. Which way does the key point? Come on, use your brains", forderte Ben die Freunde auf.
"It points towards the rose and the **banner**", sagte Goldwin.
Das Schild auf dem Wappen war in der Mitte geteilt. Rechts eine weiß-goldene Quadrierung, links ein zweigeteiltes Feld in Gold und Schwarz mit einer roten Rose.
Bens Augen verfolgten den Weg des Schlüssels. "Now we know what we have to do tomorrow", sagte er. "We've got to find that rose." Er bemühte sich, sachlich zu klingen, aber in Wahrheit konnte er es kaum erwarten, mit der Suche zu beginnen.

"**Do you mean to say** the rose will lead us to the diamond?", fragte Goldwin.

Ben hoffte es jedenfalls. "What else could this clue **imply**?"

"Look at your **fiery** eyes", bemerkte Darren.

"Me? Fiery eyes?" Ben verstand nicht.

Goldwin übersetzte: "You look **greedy**!"

do you mean to say soll das heißen
to imply bedeuten
fiery glühend
greedy raffgierig

"We don't even know what this diamond looks like." Goldwin war dieser Gedanke eben erst gekommen.

"Your mum might know", meinte Ben.

"Maybe she does", gab ihm Goldwin recht. "Well, I'm going to bed now. I'm awfully tired."

Darren nickte. "Me too."

Der Sturm hatte sich zwar etwas abgeschwächt, aber es gab nach wie vor kein elektrisches Licht, und so schnappte sich Ben einen zweiarmigen Leuchter, um unfallfrei aufs Zimmer zu kommen.

Nachdem die Kerzen ausgepustet waren, unterhielten sich Ben und Darren noch eine Weile. Über die seltsame Sache mit dem Licht und dem Schlüssel und ob sie Goldwins Eltern in ihr Vorhaben einweihen sollten. Doch bald darauf herrschte einvernehmliche Ruhe zwischen den Kissen.

Das geheime Versteck

Goldwin hatte seiner Mutter am nächsten Morgen gleich beim Frühstück erzählt, dass Darren durch einen glücklichen Zufall unter der umgestürzten Ulme einen geheimen Gang entdeckt hatte.

fortunate glücklich
coincidence Zufall
rather eher
by accident *hier:* durch Unfall

"By a **fortunate coincidence**?", hatte sie wiederholt. "Or **rather, by accident**? What was he doing out there during the storm anyway?"
"It's all because of Lady Wellington", hatte Goldwin behauptet.
Maja Nellson hatte ein fragendes Gesicht gemacht.
"Honestly!", hatte Goldwin versichert und ausführlich berichtet, wie Darren versucht hatte, Lady Janes Seidenschal aus der Umklammerung der Ulme zu befreien.
Nun, im vormittäglichen Sonnenschein, wurde erstmals das ganze Ausmaß des Sturmschadens sichtbar. Ein bunter Blätterteppich bedeckte das Gras. Überall sah man heruntergefallene Äste und sogar einige Dachziegel lagen zerschmettert am Boden.
Ben, Goldwin und Darren wollten zuerst beim Aufräumen helfen und anschließend Goldwins Mutter nach dem Diamanten fragen.
Die Beseitigung des Chaos nahm einige Zeit in Anspruch, aber Ben und Darren fanden, so könnten sie sich für die Einladung, das gute Essen und das königliche Himmelbett wenigstens ein bisschen revanchieren.

"**Quid pro quo**", erklärte Ben.
"What for? Room and **board** are free. Friends, you're our guests." Goldwin betonte das letzte Wort.
"It's only **polite** that **a person who receives a favour** does something in return." Ben warf sich in die Brust.
"Who says so?", fragte Darren.
"My dad, but I agree with him", gab Ben zurück.
Nachdem auf dem Grundstück die Ordnung einigermaßen wiederhergestellt war, verkündete Maja Nellson erfreut, dass es im gesamten Schloss nun auch wieder Strom gab.
"I love candlelight in the evenings, but I also love my electric **chandelier**", meinte sie und klang sehr erleichtert. "You were great", lobte sie die drei. "So when are you going to tell me what happened?"
Ben erkannte den optimalen Moment, sie zu fragen, ob jemand wusste, wie der Diamant aussah.
Maja Nellson überlegte einen Augenblick, dann hob sie eine Hand und sagte: "Wait a minute ... there should be a book with **illustrations** of the diamond in the library, if **I'm** not **mistaken**."
"Somehow all paths lead to the library", stellte Darren fest.
"**I'm curious** to **learn** more **about** this diamond as well", sagte Maja Nellson und ging voran in die Bibliothek.

quid pro quo zum gegenseitigen Nutzen
board Verpflegung
polite höflich
a person who receives a favour jemand, dem man einen Gefallen tut
chandelier Kronleuchter
illustration Abbildung
to be mistaken sich irren
to be curious gespannt sein
to learn about sth von etw erfahren

Sie strich mit der Fingerkuppe über die Rücken der Bücher, las die Titel, zog einige Bände heraus und stellte sie wieder zurück.

Die gravierten Messingschilder an den Regalen beschrieben die verschiedenen Gebiete. Es war alles vorhanden, von Zeitgeschichte über Wissenschaft und Medizin bis hin zur schönen Literatur.

Es dauerte nicht allzu lange und Goldwins Mutter reckte den schmalen Band triumphierend in die Höhe. "The author tells an interesting and **complex** story."

complex
kompliziert
unbelievable
unglaublich

"*An interesting and complex story?*", stöhnte Darren, dem ungute Dinge schwanten. "It would be enough to find out what the diamond looks like."

Maja Nellson musste über Darrens entsetztes Gesicht lachen. "Don't you enjoy reading?", fragte sie.

"Not this kind of book", gab Darren vorsichtig zurück, wobei seine Abneigung kein bisschen übertrieben war.

Ben schlug den Band auf, blätterte langsam einige Seiten um und begann an einer bestimmten Stelle zu lesen. Bereits nach wenigen Absätzen leuchtete sein Gesicht.

Darren stupste ihn an. "What's the matter?"

"Here's a really interesting story. This diamond's journey is just **unbelievable**."

Ben gab den Freunden einen knappen Abriss der Ereignisse. Es ging um eine geheime politische Mission, in deren Verlauf der Diamant schließlich einem Boten anvertraut worden war. Doch offenbar ver-

folgten Diebe den Mann und der Diamant kam nie an seinem Bestimmungsort an. Der König aber vertraute seinem Boten und ließ nach ihm suchen.
"One of the king's men found the **messenger's** body and – guess where they found the diamond!", sagte Ben und sah von dem Buch auf.
Goldwin vermutete: "I bet the answer is either **gruesome** or totally weird."
"It's gruesome", gab Ben zurück.
"In that case we don't want to know", erklärte Darren.
"Of course we do!", widersprach Goldwin.
"It was in his stomach", sagte Ben.
"Ugh! The first thing I'll think of when we find the diamond will be *this* weird story – thanks a lot", beschwerte sich Darren.
"Why are you complaining?", fragte Ben.
"Complaining?" Darren zog die Nase hoch. "It's **disgusting**. I certainly don't want to touch something that was found in a dead man's stomach."

messenger
Bote
gruesome
grausig
disgusting
eklig
photograph
Foto

Ben überblätterte die Historie, bis er zur Beschreibung des gelben Diamanten kam. Es gab sogar eine Federzeichnung. Doch selbst ein guter Zeichner würde es nicht schaffen, das Feuer eines Diamanten bildlich darzustellen.
"Take a look at this picture. It's not a **photograph** but ..." Bens Stimme klang, als wäre das bereits ihre erste ernst zu nehmende Spur.
"The longer I look at it, the surer I feel that we'll never find the diamond", meinte Darren skeptisch.

Ben dagegen war wild entschlossen. "Well, let's start by looking for the rose."
Den ganzen Nachmittag über suchten sie an sämtlichen Plätzen, an denen es Rosen gab, sogar in der Kapelle, die eigentlich eine Kirche war, doch ohne Ergebnis. Es war hoffnungslos.

vicar
Pastor

"I'm sure the diamond is not hidden in here. A chapel isn't such a safe place anyway", fand Goldwin.
"Don't tell the **vicar**." Ben grinste.
"Shall we take a break?", schlug Darren vor.
Schweigend gingen sie zurück zum Schloss, wo die letzten dünnen Sonnenfäden durch das große Fenster im Treppenaufgang hereinfielen.
"I'd like to check out something I noticed yesterday", sagte Ben. Ihm war etwas aufgefallen, als er sich am Abend zuvor das Wappen über dem Kamin in der Bibliothek angeschaut hatte. Darrens Sturz und der geheime Gang hatten ihn das völlig vergessen lassen, aber nach all den Rosen, die sie inzwischen abgesucht hatten, hatte er sich plötzlich wieder daran erinnert.
Er ging ohne Umwege in die Bibliothek und stellte sich vor den Kamin. Ein bisschen musste er sich strecken, dann berührten seine Finger die Rose, die auf einem der Felder links oben abgebildet war – zumindest sah es von Weitem so aus ...
"What did you notice about that rose?", fragte Goldwin.
"One moment", meinte Ben – und tatsächlich ... es war gar keine Abbildung. Er konnte jede einzelne der

Konturen ertasten, als wäre diese Rose nachträglich auf das Wappen gesetzt worden.
"And now, action!", rief er aus und drückte kräftig auf die kleine Fläche in der Rosenmitte.
Ein schabendes Geräusch war zu vernehmen. Das Wappenfeld, in welchem am vergangenen Abend im Schein der Kerzen unvermittelt der Schlüssel aufgetaucht war, drehte sich. Und: An dessen Rückseite war ein echter Schlüssel befestigt! Die drei hielten den Atem an, als gleichzeitig seitlich am Kamin eine Steinplatte zur Seite glitt und ein Hohlraum zum Vorschein kam. Darren bekam den Mund nicht mehr zu und Goldwin kniff die Augen zusammen, als könnte er ihnen nicht trauen.
Ben nahm den Schlüssel und wog ihn in seiner Hand. Er war auf jeden Fall sehr alt.
"I wonder which lock this fits." Darren rieb sich die Hände.
Goldwin sank auf die Knie und linste in den Hohlraum. Als Nächstes streckte er die Arme aus, die bis über die Ellbogen darin verschwanden. "I can feel something!" Seine Stimme überschlug sich fast. "A **casket**. Help me to pull it out!"

casket
Schatulle
to catch sight of sth
etw zu Gesicht bekommen

Ben und Darren packten Goldwin unter den Armen und zogen, bis alle drei und mit ihnen die Schatulle auf den Boden plumpsten.
"It has a lock. Come on, Ben, try the key." Goldwin hielt ihm das hölzerne Kästchen hin, vor Aufregung ganz rot im Gesicht. "Friends, do you realize that we might be the first to **catch sight of** the Laval Diamond, after all these centuries?"

It's your move. Du bist dran.
to keep sth safe etw sicher verwahren
war Krieg
to be worth a fortune ein Vermögen wert sein
riddle Rätsel

Der Schlüssel passte, und als Ben ihn umdrehte, gab es ein Klicken.
"**It's your move**, Goldwin", sagte Ben.
Es glitzerte, als Goldwin den Deckel aufklappte. "Oh my God, I'm rich! These jewels are blinding me."
Sie kippten den Inhalt der Schatulle kurzerhand auf den Boden.
Vor ihnen lagen Schmuckstücke, die mit Sicherheit jeden Juwelier in Extase versetzen würden.
"These must be the valuables that were hidden long ago", sagte Ben. "Remember, the family wanted to **keep** them **safe** during the **war**."
"This must **be worth a fortune**", stimmte Darren zu.
"Yes, but ... the diamond's not in here." Goldwin klang enttäuscht. "But my mum will be delighted anyway", meinte er.
Ben hielt die Schatulle in die Höhe, um die Seiten zu untersuchen. Hatten solche Kästchen nicht immer ein Geheimfach? Seine Finger tasteten die Innenseiten auf ein mögliches Versteck ab, doch es fand sich keines.
"Wait!" Goldwin nahm den Brieföffner zu Hilfe und schob die schmale Klinge unter die Innenseite des Deckels. Sie ließ sich herausnehmen und darunter kam eine Inschrift zum Vorschein.
Die Jungen beugten sich über das Schmuckkästchen.
"'The canopy of stars will keep the teardrop safe.' Well, that's just great!" Ben klatschte in die Hände. "Another **riddle**!"
"You definitely need help", sagte Darren. "From us. Together we can solve any riddle!"

Keine gute Idee

Da Lady Jane beim Abendessen verkündet hatte, ein Schlafmittel nehmen zu wollen, um "this **bothersome** ghost" nicht hören zu müssen, konnten Ben, Goldwin und Darren sicher sein, dass für den Rest dieses Tages keine neuen Herausforderungen auf sie zukommen würden.

Aus der Bibliothek war leise klassische Musik zu hören und dazwischen eine Stimme, die diesmal kein bisschen ärgerlich klang. Magnus Nellson, der am Nachmittag aus London zurückgekommen war, führte eine Unterhaltung mit Sir Frederick, in der er dem Gespenst von London erzählte und davon, dass die meisten Kriege heutzutage vom Schreibtisch aus geführt wurden. Es war ein einseitiges Gespräch, doch es herrschte einvernehmliche Ruhe. Kein Möbelrücken, keine schweren Schritte auf den Dielen, keine durchwühlten Schränke und Kommoden. Der Geist war friedlich.

bothersome
aufdringlich
all one's life
zeitlebens
to share
teilen

"My dad has known Sir Frederick **all** his **life**", meinte Goldwin leise, als die Stimme seines Vaters schließlich verstummte. "They are like dear friends, I guess, and friends **share** the good and the bad, don't they?"

Die drei Freunde drückten sich ein wenig unentschlossen vor der offenen Tür herum. Ben deutete auf das Buch mit der beeindruckenden Federzeichnung, das auf dem Beistelltisch lag. In seiner Aufregung, endlich mit der Suche zu beginnen, hatte er vergessen, den Band ins Regal zurückzustellen. Es sah so aus, als hätte Goldwins Vater ein bisschen darin gelesen. Neben dem Buch stand eine leere Cognacflasche.

Magnus Nellson saß auf der Chippendale-Couch und drehte gedankenverloren einen Cognacschwenker in einer Hand. Die bernsteinfarbene Flüssigkeit darin schwappte im Fluss der Bewegung hin und her.

"Do come in, don't be **shy**", forderte Magnus Nellson die Jungen auf. "I've heard about your wonderful success!", sagte er.

Goldwin zuckte die Schultern. "What success?"

Sie hatten beschlossen, die Schatulle wieder zurück in ihr Versteck zu stellen und vorläufig Stillschweigen zu bewahren. Also konnte bislang niemand von dieser Entdeckung wissen.

shy schüchtern
daring waghalsig
clothes rescue operation Kleiderrettungsaktion

"The **daring clothes rescue operation**. I must say, that was really brave of you." Ein schelmisches Funkeln trat in Magnus Nellson's Augen.

Goldwin machte ein beleidigtes Gesicht.

Ben und Darren wussten nicht, was sie darauf sagen sollten, sie hatten schließlich bloß helfen wollen. Aber bei Goldwins Vater hörte es sich so an, als wären alle Jungen geradezu verrückt danach, Damenwäsche von Bäumen zu pflücken.

"Brave?" Goldwin war nahe daran, seinem Vater von den Porzellandosen zu erzählen, doch dann schluckte er ein paar Mal und ließ es bleiben.

Magnus Nellson war die verhaltene Reaktion offenbar nicht entgangen. "Just a little joke, boys", relativierte er seinen Kommentar. "You've done Lady Jane a big favour; she**'s** terribly **fond of** those things." Als keiner der drei reagierte, forderte er sie auf: "Take a chair and sit down. **I've heard through the grapevine** that you're looking for the **long-lost** Laval Diamond."

to be fond of sth etw mögen
I've heard through the grapevine mir ist zu Ohren gekommen
long-lost seit Langem verloren geglaubt

Ben und Darren ließen sich nicht länger bitten. Und auch Goldwin wollte kein Miesmacher sein. Sie zogen sich jeder einen der Sessel heran und begannen, ihre Geschichte zu erzählen.
Jetzt hatten sie Magnus Nellsons Aufmerksamkeit. Die Belustigung, mit der er sie zuvor noch gemustert hatte, wich einem gespannten Interesse.
"It'll only take a minute. Let's hope it works." Goldwin stand auf und machte den Freunden ein Zeichen.
"Let's hope *what* works?", fragte Magnus Nellson, aber niemand antwortete.
Die Jungen zündeten Kerzen an und verteilten die schweren Leuchter im Raum, dann schaltete Goldwin überall das Licht aus.
Magnus Nellson ließ seinen Blick ein wenig unschlüssig durch die Bibliothek wandern. "May I ask why we need all these candles?", wollte er wissen, doch noch immer bekam er keine Antwort.
"Help me, Frederick", bat er. Es war eigentlich als Scherz gedacht, doch plötzlich lenkte eine flackernde Kerzenflamme auf dem Kaminsims seinen Blick auf das Wappen darüber.
Als Nächstes betätigte Ben den Mechanismus der Rose und wie schon zuvor öffnete sich das Versteck.

"How did you do that?" Goldwins Vater sprang auf, als hätte ihn etwas in den Allerwertesten gestochen. "Frederick, did you know about this?" Beinahe hätte er den Cognac verschüttet, als er in fliehender Eile den Beistelltisch umrundete.

Goldwin holte die Schatulle aus dem Hohlraum, versenkte den Schlüssel im Schloss und klappte den Deckel zurück.

"I was never sure whether I should believe this story", bekannte Magnus Nellson ergriffen.

Den restlichen Abend verbrachten Ben, Darren und Goldwin damit, Magnus Nellson von ihren Recherchen, den alten Familiendokumenten und dem Brief mit seinem rätselhaften Inhalt zu erzählen. Natürlich vergaßen sie auch nicht, die Bedeutung des Stromausfalls zu erwähnen und ihre nachfolgende Entdeckung, dass das veränderte Licht ein Geheimnis offenbarte.

"Boys, this will cause a real sensation!", sagte er und nun funkelte sein Blick freudig aufgeregt. Staunend betrachtete er den Inhalt des Kästchens. "You're real detectives!" Das klang jetzt nicht mehr belustigt, sondern war ein ehrliches Kompliment.

Magnus Nellson steckte seinerseits einen kleinen Schlüssel in eine Glasvitrine und griff nach einem hölzernen Kästchen, einem Humidor, den er auf den Beistelltisch stellte und fast andächtig öffnete. Unter klimatisch optimalen Bedingungen lagerten darin teure Zigarren und Zigarillos aus Kuba, Costa Rica und der Dominikanischen Republik. Mit strahlend entspannter Miene nahm er sich eine der dicken

Zigarren heraus und erklärte den Jungen: "This is to **celebrate the occasion**!"

"And what about us?", wollte Goldwin wissen. Aber sein Vater winkte ab und wies ihn darauf hin, dass Rauchen gesundheitsschädlich sei. "Also, your Mum would **be furious with** me", fügte er hinzu.

to celebrate the occasion zur Feier des Tages
to be furious with sb sauer auf jdn sein
elm tree Ulme
to keep an eye on sb auf jdn aufpassen

Goldwin nickte scheinbar ergeben und zwinkerte Darren und Ben verschwörerisch zu.

Ben merkte davon nichts, ihn interessierte vielmehr der Zugang zum Geheimgang. "The secret passage ...", flüsterte er, weil er fand, der Zeitpunkt wäre günstig, um sich eine entsprechende Erlaubnis zu holen. Darrens Mundwinkel sackten nach unten.

"Dad, may we check out the passage under the **elm tree**?", startete Goldwin seine Anfrage. "We'll be careful", versprach er.

"If that's alright with your mum, Goldwin, feel free to go ahead. I trust you."Ben freute sich schon, aber da fügte Magnus Nellson hinzu: "You shouldn't go alone, though. Lionel can come with you and **keep an eye on** you."

"Lionel Fulton Ferry?" Goldwin verstand nicht, was ausgerechnet der davon verstand.

"The tap dancer?" Ben schaute drein, als hätte Magnus Nellson soeben verkündet, Lady Jane wolle auf einem Drahtseil vom Südufer der Themse bis hinüber zu Big Ben balancieren.

"You shouldn't **underestimate** him. Lionel climbed Nanga Parbat back in the early **Fifties**. He'll be able to help you." Goldwins Vater stellte sein leeres Cognacglas ab.
"In the early Fifties! That was half a century ago", ätzte Goldwin. Zudem wurde Lionel Fulton Ferrys Lebenslauf allmählich doch etwas bizarr, fand er. Zuerst Fred Astaire und jetzt auch noch der Nanga Parbat.

to underestimate sb jdn unterschätzen
Fifties fünfziger Jahre
loan Darlehen
from above von oben
to keep sb occupied jdn beschäftigen

"That's my offer." Magnus Nellson ließ nicht mit sich verhandeln.
"We're not here to ask for a **loan**, Dad", murrte Goldwin.
"I'm sorry", beharrte Magnus Nellson, "but that's my offer. You can discuss this for a minute, I'll be right back." Er stand auf und verließ kurz den Raum.
Die drei steckten die Köpfe zusammen, um sich zu beraten.
"The tap dancer is way too old to climb down into the underground passage", sagte Ben. "He can watch us, if he wants – but **from above**."
"I'm not sure I want to go down into that passage again", meinte Darren. "Why don't I stay above ground and **keep** Lionel **occupied**? I could ask him lots of questions about dancing with Fred Astray."
"His name is *Fred Astaire*", berichtigte Goldwin, der aufgestanden war und sich verstohlen, aber entschlossen dem Beistelltisch genähert hatte.
"If you say so", meinte Darren, dem dieses Detail völlig gleichgültig war, solange niemand von ihm verlangte, die Ratten zu besuchen.

Als Magnus Nellson zurückkam, eine volle Cognacflasche in der Hand, setzte sich Goldwin wieder auf seinen Platz und teilte ihm mit: "All right, you win. We've decided to **accept** your offer."

"That's what I expected. I'm curious to see what you find."

to accept
annehmen

Die Stimmung entspannte sich und den Rest des Abends unterhielt Magnus Nellson die Jungen mit allerhand verrückten Geschichten über Frederick, den Schlossgeist.

Keiner von ihnen bemerkte, wie sich die Tür lautlos öffnete und Maja Nellson die Bibliothek betrat.

"What's going on here?", fragte sie.

"You won't believe what the boys have discovered", erklärte Goldwins Vater stolz. Er präsentierte ihr die Schmuckstücke und Maja Nellson vergrub mit einem Seufzer ihre Hände in den Juwelen.

Goldwins Mutter umarmte erst Ben, danach Darren und ihren Sohn. Ihre Augen sahen verdächtig nach Tränen aus.

"I don't know what to say", flüsterte sie.

Goldwin versprach, ihr morgen alles haarklein zu berichten. "But now we're very tired", betonte er und tauschte einen vielsagenden Blick mit Ben und Darren, die sich ihm sofort anschlossen. "Good night, everyone!"

"This way!" Goldwin lotste die Freunde zum ehemaligen Dienstboteneingang, der auf der an die Küche und die Vorratskammern angrenzenden Seite in einen Kräutergarten hinausführte, der weder von der Küche noch von den Wohnräumen aus einsehbar war.

Goldwin blieb stehen und holte mit großer Geste und einem Grinsen einen in ein Taschentuch eingewickelten Zigarillo und eine Schachtel Streichhölzer hervor. "This is to celebrate the occasion!"
Ben und Darren sahen ihn entgeistert an und fingen fast gleichzeitig an zu prusten.
"Shhhhh", machte Goldwin und hielt sich den Finger vor den Mund. "Don't be too loud." Er zündete den Zigarillo an und zeigte ihnen, wie er gepafft wurde.

to inhale
inhalieren
smoke
Rauch

"Don't **inhale** the **smoke**!", warnte er, als würde er sich damit auskennen. Tatsächlich hatte er nur einige Male seinen Vater dabei beobachtet.
Ben, Darren und Goldwin zogen reihum an der schlanken Tabakware, bis nur mehr ein kleiner glimmender Rest übrig war, den Goldwin sorgfältig ausdrückte, zerkrümelte und zwischen die Kräuter streute.
„I think I need to sit down", sagte Darren plötzlich und ließ sich auf ein kleines Mäuerchen sinken. Er sah mit einem Mal grünlich im Gesicht aus. Auch Ben und Goldwin hatten ein sehr merkwürdiges Gefühl in den Eingeweiden.
Goldwin meinte entschuldigend: "My dad says that those are very mild cigarillos."
"Fine", kommentierte Darren, obwohl er das Gegenteil meinte.
Natürlich hatten sie alle schon mal geraucht, wobei ihnen die Zigaretten nicht besonders geschmeckt hatten. Aber der Zigarillo war doch ein ganz anderes Kaliber.

"I feel terrrible", meinte Darren und hielt sich den Kopf. "My head is **throbbing** and my **tongue** has **swollen up** like a balloon. I only hope this won't **affect** my diabetes. What about you?"
"**Same here**. Can we get something to drink?", bat Ben. Er war ungewohnt leise. "We'd better go to bed, chaps."
Goldwin holte ihnen eine Flasche Wasser aus der Vorratskammer und brachte für sich selbst auch gleich eine mit.
"You should do a blood test before you go to bed", empfahl er Darren. Sie wünschten sich eine gute Nacht, aber die Zeichen dafür standen nicht gut.
Darren strampelte sich die Jeans von den Beinen und lief ins Badezimmer, das Blutzuckertestgerät in der Hand. "Don't lock the door, please. You're not the only one who might need to **go to the bathroom** tonight." Ben hielt sich unentschlossen eine Hand vor den Mund.

to throb hämmern
tongue Zunge
to swell (swelled, swollen) up anschwellen
to affect sth sich auf etw auswirken
Same here. Mir geht es genauso.
to go to the bathroom aufs Klo gehen

Geredet wurde anschließend nicht mehr viel. Die beiden lagen jeder auf seiner Seite des Bettes und hin und wieder griff eine Hand nach der Wasserflasche. Immerhin: Darrens Blutzuckerwert zeigte keine Auffälligkeiten.
Sie hatten es versäumt, die Vorhänge vor die Fenster zu ziehen, und jetzt leuchtete der Mond gnadenlos ins Zimmer, doch weder Ben noch Darren verspürten große Lust, deshalb noch einmal aufzustehen.

Irgendwann kroch ihnen der Schlaf in die Glieder und für die Dauer von ein paar Stunden blieb alles friedlich und ruhig im Schloss.

Als Ben aufwachte, war sein Mund so trocken, dass er meinte, auf einem Stück Stoff herumzukauen. Er stöhnte, drehte sich zur Seite und griff nach der Flasche.
"Empty. Damn!"
Er konnte sie einfach mit Wasser aus der Leitung auffüllen, aber dazu musste er aufstehen. Der Mond war inzwischen weitergewandert, doch sein Licht stach ihm in die Augen.
Er setzte seine Brille auf, nahm die Flasche und wankte ins Bad. Dort ließ er das Wasser zuerst ein paar Augenblicke aus der Leitung laufen.
Vom Badfenster aus sah man zum Turm auf der Ostseite des Schlosses hinüber und zu dessen Plattform. Außerdem hatte man einen guten Blick zum Himmel und so konnte der Vollmond seine Quälerei unerbittlich fortsetzen.
Ben legte eine Hand über die Augen, er fühlte sich elend. Und alles wegen des blöden Zigarillos.
Er hatte die Flasche unter den Hahn gestellt, das war sein Glück, sonst hätte sie in der nächsten Sekunde in Scherben am Boden gelegen.
"This must be a joke. Bloody hell!", schimpfte er.
Denn auf eben diesem Plateau stand jetzt eine Gestalt in einem langen Nachthemd, den Kopf erhoben und die Arme nach vorn gerichtet, als wolle sie Blindekuh spielen.

Höhenangst

"Darren!"

Ben stand über seinen Bettnachbarn gebeugt, doch der scheuchte ihn mit einer Handbewegung fort, als wäre er eine lästige Mücke.

"Forget it!", schnappte Ben und schlüpfte eilig in seine Jeans. Dabei versuchte er, den Turm und die Gestalt möglichst nicht aus den Augen zu lassen. "Why do I always have to **solve** every problem **on** my **own**?", bemitleidete er sich selbst.

to solve lösen
on one's own allein

Klar konnte er so tun, als hätte er geschlafen und somit nichts bemerkt, doch wie sollte er das mit seinem Gewissen vereinbaren, wenn der- oder vielmehr diejenige – denn Ben hatte keinen Zweifel, wer dort oben leicht bekleidet und bestimmt auch noch barfuss herumlief – einen falschen Schritt machte und über die Brüstung fiel ... nicht auszudenken!

Er musste Goldwin wecken. Allein kam er im Leben nicht dort hinauf, er wusste ja nicht einmal, wo sich der Aufgang zum Turm befand.

Doch Goldwin machte prompt die gleiche Handbewegung, mit der schon Darren Erfolg gehabt hatte.

"Wake up, there's a fire!", schrie Ben Goldwin ins Ohr.

Das wirkte. Goldwin riss Mund und Augen auf und war mit einem Satz aus dem Bett.

"Fire brigade", brabbelte er, noch einigermaßen benebelt vom Schlaf.

"We are the fire brigade. Put on something warm. We've got to go to the east wing and up to the tower." Er warf Goldwin Hose, T-Shirt, Pulli und Schuhe zu und berichtete ihm knapp, was er eben gesehen hatte. Anschließend ging er hinüber zum Fenster und riss die Vorhänge auf. "There's a full moon tonight", schloss er. "Look at it!"

"You're right, Darren, Lady Jane is a lot of trouble!", sagte Goldwin. Erst da fiel ihm auf, dass Ben allein gekommen war.

"Where's Darren?" Goldwin sah sich suchend um, als hätte der Gesuchte seit Neuestem Handtaschenformat.

"In a **coma**, kind of. I tried but couldn't wake him. Let's move!"

Ben warf einen weiteren Blick zum Turm hinüber. "We must hurry, she's sitting on the **battlements**."

"I wasn't kidding the other day", sagte Goldwin und stopfte umständlich sein T-Shirt in die Hose. "I suffer from acrophobia."

coma Koma
battlement Mauerzinne
I couldn't care less. Es ist mir völlig schnuppe.
It's a matter of life and death. Es geht um Leben und Tod.
to pluck up the courage seinen Mut zusammennehmen

Ben warf ihm einen ungeduldigen Blick zu. "**I couldn't care less** if you suffer from acrophobia. You've got to come with me, so please hurry!" Ben hatte keine Geduld für so was. "**It's a matter of life and death**!"

Goldwin schlug sich einige Male auf die Brust.

Ben musterte ihn mit einem Wozu-ist-das-denn-gut-Blick.

"I'**m plucking up the courage**", behauptete Goldwin. "I'm right next to you, so don't worry about your courage. Now let's go up to the battlements." Ben griff

nach Goldwins Arm und zog ihn mit sich, bevor ihm noch mehr nutzloses Zeug einfallen konnte.
"**Flashlight**", sagte Goldwin und griff nach einer riesigen Taschenlampe, die auf seiner Kommode lag.
Nachdem sie durch einige Gänge gelaufen und ein paar Treppen hinunter- und wieder hinaufgerannt waren, erreichten sie eine massive Tür aus dunklem Holz, die sperrangelweit offen stand. Eine ziemlich breite, steinerne Wendeltreppe führte in den Turm hinauf.
Goldwin schaltete die Taschenlampe ein und Ben stürmte vorwärts. Nach einigen Dutzend Stufen hielt er inne, wandte sich nach Goldwin um und meinte: "Do you know how to speak to a **sleepwalker**?"

flashlight
Taschenlampe
sleepwalker
Schlafwandler(in)
to avoid
vermeiden
sudden
plötzlich
movement
Bewegung

Goldwin war etwas außer Puste. "Sleepwalkers should be spoken to in a soft voice, **avoiding sudden movements**", keuchte er. Bei dem Gerenne blieb ihm nicht einmal Zeit, groß an seine Höhenangst zu denken.
"I'll try my best", sagte Ben und lief weiter.
Sie erreichten den oberen Absatz. Auch diese Tür stand offen.
Goldwin leuchtete vorsichtig ins Freie. Lady Jane Stancliff saß seelenruhig auf dem kalten Stein, die Hände baumelten zu beiden Seiten herunter, als gehörten sie einer Stoffpuppe. Ihre geöffneten Augen schienen ihr Umfeld nicht zu realisieren.
Ben schlich vorsichtig näher, in gebückter Haltung wie ein Spion in geheimer Mission.

"It's **bedtime**", murmelte er. "We'll lay a blanket over the moon and you needn't look at it any longer." Er hatte den Zinnenkreis beinahe erreicht. Der Kegel der Taschenlampe tanzte um ihn herum auf dem Boden. "Please, give me your hand. We'll bring you to a room which is warm and **cosy** and ... " Ben starrte auf die nackten, kleinen Füße der alten Dame. "Come inside, please", lockte er, obgleich er keine Ahnung hatte, ob sie ihn überhaupt hören konnte.

bedtime Schlafenszeit
cosy gemütlich
patient geduldig

"What's taking you so long?", wimmerte Goldwin, der sich nicht vom Fleck bewegt hatte.
"We've got to be **patient**", gab Ben zurück. "Just help me guide her down the stairs."
Er redete weiter leise und ruhig auf die alte Dame ein. Ihr musste inzwischen eiskalt sein.
Hatte sie sich eben bewegt? Der Oberkörper kippte nach hinten, fast wie in Zeitlupe. Ben machte einen Satz vorwärts und riss an ihrem Arm. "Wake up!", schrie er. *Leise und keine ruckartigen Bewegungen* – das war gestern.
'Queen Mum' landete in Bens Armen.
"What? ... Oh my God! What are you doing here on the battlement?" Lady Jane Stancliff schreckte aus ihrem Mondscheinhypnosezustand, rieb sich den Arm und blickte sich entrüstet um. Dann schob sie Ben irritiert von sich und marschierte flotten Schrittes auf Goldwin zu.
Der lachte, als hinge sein Leben davon ab.
"Our Goldwin suffers from acrophobia." Sie tätschelte seine Wange. "Do you remember last summer?" An

Ben gewandt, fügte sie erläuternd hinzu: "His acrophobia kept us really busy."
Offenbar war sie der Meinung, Goldwin wäre hier derjenige, der sich in Schwierigkeiten gebracht hatte. Und genauso offensichtlich geschah das nicht zum ersten Mal.
Goldwin grunzte empört. Er bewegte kaum die Lippen, als er in Bens Richtung raunte: "Why exactly did she climb up to this tower, hm? To **chat** about my acrophobia?"

to chat plaudern
March! Marsch!
short klein

Er brauchte keine Antwort auf diese Frage, er war stinksauer. Aber es kam noch schlimmer. Lady Jane übernahm das Kommando: "Back down the stairs as fast as you can, boys, **march**!" Barfuß und im Nachthemd dirigierte die alte Dame Ben auf die rechte Seite. Goldwin nahmen sie in die Mitte, denn der arme Junge litt schließlich an ausgeprägter Höhenangst.
Untergehakt stiegen sie die Stufen zusammen in neuer Dreierformation wieder hinab. Goldwin leuchtete mit seiner Taschenlampe die Wendeltreppe aus, wo Lady Jane Stancliff sich offensichtlich nicht einmal fragte, wie sie selbst den Weg im Dunkeln den Turm hinaufgefunden hatte.
"Where's your **short** blond friend?", wollte sie plötzlich wissen.
Das *Klein* hätte Darren gar nicht gefallen, dachte Ben und grinste. "He wasn't feeling well", erklärte er wahrheitsgemäß.
Und Goldwin maulte: "I don't feel well either."
Sein Eingeständnis brachte ihm erneutes Getätschel ein.

"If this happens again you'd better see a doctor", säuselte Lady Jane.
Unten angekommen, ermahnte sie Goldwin noch, in Zukunft vorsichtiger zu sein. Goldwin sog hörbar die Luft ein, er stand kurz vor einer Explosion. Einzig Bens Hand auf seiner Schulter hielt ihn von einer bitterbösen Erwiderung ab. Er versetzte der Tür zum Turm einen Stoß, drehte den großen Schlüssel zweimal um und stieß einen unterdrückten Fluch aus: "**Blimey**! She is **as mad as a hatter**."
"I wish you a good, **relaxing** night", wünschte ihr Ben mit ausgesuchter Höflichkeit und schob gleichzeitig Goldwin vorwärts, wobei er dessen Oberarm schmerzhaft drückte, damit er tunlichst den Mund hielt.
Zurück in Goldwins Zimmer warf der sich auf sein Bett und bearbeitete trommelnd mit den Fäusten sein Kissen.

Blimey! Mensch!
as mad as a hatter völlig bekloppt
relaxing erholsam
possible möglich
to drive sb to desperation jdn zur Verzweiflung treiben
to depress deprimieren

"I'd like to spend my next holidays far away from Lady Jane", sagte er, nachdem er sich abreagiert hatte. "As far away from her as **possible**."
"She'd **drive** anyone **to desperation**", stimmte ihm Ben zu. "By the way ... we mustn't tell Darren that Lady Jane called him *short*, okay? That would really **depress** him!"
"Okay. Ben ... thanks", sagte Goldwin.
Ben freute sich auf sein Himmelbett und spurtete den Gang entlang in sein Zimmer, wo Darren leise schnarchte.

Ben zog sich aus, ging ins Bad, um die Wasserflasche zu holen, und trank einen großen Schluck. Dann schloss er die Vorhänge, ohne noch einmal einen Blick auf den Turm im Mondlicht zu werfen. Hätte er es getan, er hätte diesmal einen Mann dort oben stehen sehen. Einen Mann in Pluderhosen und mit einem Schwertgürtel.

Darren war am nächsten Morgen natürlich als Erster wach, was Ben nicht weiter verwunderte, da er trotz seiner anfänglichen Übelkeit anschließend tief und fest geschlafen hatte. Die Vorhänge waren bereits wieder zurückgezogen und helles Licht fiel ins Zimmer.

Ben blinzelte in die Sonne und drehte sich auf die andere Seite. Er hatte überhaupt keine Lust, jetzt schon aufzustehen. Wie spät war es überhaupt?

"Ben", begann Darren zögerlich. Seine Stimme war viel zu hoch und hatte einen komischen Unterton, der Ben gar nicht gefiel. Darren klang irgendwie alarmiert.

"Don't you dare bring me bad news", sagte er. "Tonight has been absolutely crazy and I feel completely exhausted."

"I'm afraid this news won't **cheer** you **up**", gab Darren im gleichen, vorsichtigen Tonfall von eben zurück. "We have a visitor. A rather fat one – and **hairy** as well. Could come down any minute. What's that damned **creature** doing in the canopy above our heads anyway?"

to cheer sb up jdn aufheitern
hairy haarig
creature Vieh

"No!" Ben sprang so schnell aus dem Bett, dass ihm von der abrupten Bewegung schwindlig wurde. Fett und behaart – das konnte nichts anderes sein als eine Spinne. "If I catch this monster, I'll make **mashed** spider out if it", behauptete er giftig, aber diese Morddrohung war nichts anderes als heiße Luft.

mashed püriert
solution Lösung

"Relax", beruhigte ihn sein Freund. "I'm trying to carry the spider out of the room." Darren war selbst auch kein besonderer Freund von Spinnen, jedenfalls wollte er sie nicht anfassen, doch er hatte zumindest keine Angst vor ihnen. Er nahm einen Stift und holte das Tier vom Betthimmel, dann fing er es in einem T-Shirt, öffnete das Fenster und schickte den Achtbeiner auf die Reise.

"It's gone", gab Darren Ben grünes Licht. "And now … good morning", sagte er.

"What a *horrible* morning", schmollte Ben und setzte sich zurück aufs Bett, jedoch nicht, ohne zuvor einen kontrollierenden Blick auf den Himmel zu werfen, um sicher zu sein, dass die Spinne ein Single war. Und während er die geschnitzte Decke des Betts musterte, formte sich langsam ein sensationeller Gedanke in seinem Gehirn. "Darren … can you repeat what you said?"

"That the spider was fat and hair…"

Ben unterbrach ihn. "Yes, and then?"

"I wondered what the spider was doing in the canopy above our heads."

Ben überlegte kurz, dann jubelte er begeistert: "I've got it! Brilliant! It might be the **solution**. This might indeed be a really good morning. Let's go and tell Goldwin."

"Let's go and tell him what?", wollte Darren wissen. "By the way, what happened last night?"

"I'll tell you on the way to Goldwin's room", versprach Ben.

Im Anschluss an eine schnelle Wäsche im Bad, und nachdem Darren seinen Blutzucker überprüft hatte, joggten die beiden den Gang entlang zu Goldwins Zimmer.

to topple backwards nach hinten kippen
shocked erschrocken

Ben begann seinen Bericht mit dem Füllen der Wasserflasche, dem Vollmond und seinem zufälligen Blick aus dem Fenster zum Zinnenturm. Er erzählte, wie er Goldwin geweckt hatte, wie sie mit einer Taschenlampe auf den Turm gelaufen waren und Goldwin trotz seiner Höhenangst Courage bewies. "There she was, sitting right on the battlement, and then suddenly ... she **toppled backwards**. I was so **shocked**, I thought my heart would stop." Er beschrieb, wie Lady Jane in seinen Armen aufgewacht war, wie sie Goldwin für denjenigen gehalten hatte, der den Ärger verursacht hatte, und wie sie ihm geraten hatte, einen Arzt aufzusuchen.

"You should have woken me!", beschwerte sich Darren, der zu gern dabei gewesen wäre.

Doch jetzt weckten sie erst einmal Goldwin, der ihnen beim Betreten des Zimmers seine komplette Rückenansicht bot.

Ben schob sich an ihn heran und imitierte dicht über seinem Ohr eine Sirene.

"**Get out!**", grummelte Goldwin, doch seine beiden frühen Besucher dachten nicht daran, sondern machten es sich im Gegenteil auf dem Bett gemütlich.
"Wake up. I think we've found the yellow diamond", verkündete Ben.

"Really???", kam es unisono ungläubig von Goldwin und Darren.

"There **was** a big fat spider **dangling** from our bed and Darren gave me an idea. Will you **get dressed** now or shall we find the diamond without you?", fragte Ben.

to get out
abhauen
to dangle
baumeln
to get dressed
sich anziehen

Goldwin schoss aus dem Bett und ins Bad. "Give me five minutes", bat er.
Er brauchte höchstens drei und kurz darauf standen sie vor dem Himmelbett von König Charles I.
Ben wiederholte noch einmal die Worte, die sie mittlerweile schon auswendig kannten: "'This solitary rose will never see the canopy of stars'. What if this riddle doesn't mean a *real* canopy of stars but this one." Er zeigte auf den Betthimmel, auf dem sich bei genauerem Hinsehen tatsächlich geschnitzte Sterne mit einem Hauch von Goldüberzug abzeichneten. Die Farbe war im Lauf der Jahrhunderte allerdings verblasst.
"Chaps, we've got to look closely. 'The canopy of stars will keep the teardrop safe.' I suppose this means that the Laval Diamond is hidden somewhere here."
"We are looking for a single rose, I assume." Darren kniete sich auf das ungemachte Bett, während Goldwin und Ben das Möbel von außen untersuchten.

"All we know is that the rose doesn't **face** the canopy", meinte Ben.
"So the rose must be on the outside." Goldwin beugte sich über das Rückenteil, in dessen Säulen knapp über dem Boden Köpfe und allerhand aufwendige Ornamente eingearbeitet waren. Seine Finger zeichneten die alten Muster nach, doch nichts davon erinnerte an eine Rose.

to face gegenüberliegen
too good to be true zu schön, um wahr zu sein

Darren hatte auf seiner Seite schon alles untersucht. Nun ließ er sich zurück in die Kissen fallen. "Nothing", murmelte er. "It would have been **too good to be true**." Er warf einen letzten Blick gen Himmel – den aus dunklem Eichenholz. Und wurde stutzig: In der Deckenmitte war etwas zu erkennen.
Eine Rose war es nicht, jedenfalls keine Art, die er kannte. Was natürlich gar nichts heißen wollte, ihn aber sofort wieder in die Senkrechte brachte.
Darren wusste, er war beinahe klein genug, um aufrecht in diesem Bett stehen zu können, oder andersherum betrachtet: Das Bett war beinahe groß genug dafür. Er balancierte auf der weichen Matratze sein Gleichgewicht aus, legte den Kopf in den Nacken und tastete die Mitte der Schnitzerei ab, die *vielleicht* eine Rose darstellte. Genau betrachtet sah sie den Rosen auf den Wappen in dem Buch schon sehr ähnlich. Und weil sie nach unten auf die Liegefläche schaute, war klar, dass sie den Himmel nicht würde sehen können.
Es fühlte sich nach Holz an, dem ersten Eindruck nach … die Vertiefung allerdings war kühler als der Rest und erinnerte eher an Glas …

"Remember I didn't want to touch anything that the king's messenger had **swallowed**?", sagte er. "Now I'll **let** you **in on a secret**: I've changed my mind."

Darren Lorimers Finger umschlossen den gelben Laval-Diamanten und er stimmte ein Triumphgeheul an. "You won't believe it: I'm holding the yellow diamond in my hand!"

to swallow schlucken

to let sb in on a secret jdn in ein Geheimnis einweihen

Berühmt

Die drei warteten das Abendessen ab. Sie hatten vereinbart, die Entdeckung des Diamanten großartig zu verkünden, schon allein deshalb, weil die Lösung des Rätsels nach all den Jahrhunderten eine echte Sensation darstellte, und vor allem, weil niemand gewusst hatte, dass es überhaupt ein Rätsel zu lösen und einen Geist zu *er*lösen galt.

Goldwin erhob sich feierlich, schlug mit dem Messerrücken gegen sein Glas und bat um Ruhe.

"My friends and I would like to tell you a story", begann er.

priceless unbezahlbar
to be believed to be sth als etw gelten
to keep sb away jdn fernhalten

Aller Augen waren auf ihn gerichtet und gespannte Stille trat ein. "It's the story of a **priceless** yellow diamond that **was** long **believed to be** missing. And so it was – until this morning."

Es war ein tolles Gefühl zu sehen, wie zuerst überall nach Luft geschnappt wurde. Es dauerte einen Moment, bis auch der Letzte verstanden hatte, was genau Goldwin damit sagen wollte: dass sie im Besitz des Diamanten waren.

Die drei strahlten um die Wette. Sie baten die beiden verbliebenen Gäste und Goldwins Eltern, sich um Mitternacht in der Bibliothek einzufinden.

"It's a bit late", merkte Lady Jane an und fügte an Goldwin gerichtet hinzu: "At least this will **keep** you **away** from the tower."

Ben boxte ihn grinsend in die Seite.

Gegen 23 Uhr trafen sich die Freunde in Goldwins Zimmer. Mitternacht wurde allseits mit Spannung erwartet.
Goldwin hatte den Diamanten in eines seiner Stofftaschentücher eingeschlagen, weil er kein passendes Behältnis gefunden hatte. Er wickelte ihn aus und sagte fast ehrfürchtig: "Come closer and have a good look at this **beauty**."
"It's hard to believe that this diamond **was** once **exposed to stomach acid** – just look at its **brilliance**", meinte Ben.
"What will happen to it?", wollte Darren wissen, der als der eigentliche Entdecker des Steins natürlich superstolz war.
"I think it should be **displayed** in a museum", gab Goldwin zurück. "The secret **legacy** of King Charles I."
"It's the secret legacy of Caedmon Castle as well", fand Ben.
"Do you think Sir Frederick will be coming?", fragte Darren und dachte an das Kreuz, das er bei der letzten Begegnung mit dem Geist mit sich trug.
"He's free to leave the castle now", bemerkte Ben. "Sir Frederick doesn't need to search for the Laval Diamond any longer."
"I'd quite like to say goodbye", sagte Goldwin. "I'll miss the Duke, and so will my dad."
"And your mum will miss Sir Frederick's **tidiness**", alberte Ben.

beauty Prachtstück
to be exposed to sth einer Sache ausgesetzt sein
stomach acid Magensäure
brilliance Glanz
to display ausstellen
legacy Erbe
tidiness Ordnungsliebe

Die Standuhr im Gang verkündete Mitternacht.
Magnus Nellson hatte dafür gesorgt, dass in der Bibliothek kein elektrisches Licht brannte, stattdessen waren überall Kerzen angezündet worden. Die Schatulle mit dem Familienschmuck stand auf dem kleinen Beistelltisch.
Aus den Gesichtern sprach gespannte Neugier.
Die drei sahen sich im Raum um, entdeckten jedoch zu ihrer Enttäuschung keine Spur von Sir Frederick.
Ben und Darren überließen Goldwin die Einleitung.
"Let's hope the diamond is authentic!", sagte er, aber daran hatte keiner von ihnen auch nur eine Sekunde gezweifelt.
Dann erzählte er die ganze Geschichte. Von Bens mutiger Bitte an Sir Frederick, dessen Erscheinen und der Auferstehung des verschollenen Briefes. Von der Entdeckung des ausgefeilten Mechanismus der Rose auf dem Wappen, die ihnen das Juwelenversteck im Kamin verraten und zugleich ein neues Rätsel präsentiert hatte. Von der Spinne am Morgen, die sie schließlich zu dem Diamanten geführt hatte. Nur den Zigarillo und den Ausflug aufs Dach verschwiegen sie diskret.
"How exciting!", seufzte Lady Jane.
Goldwin kramte in seiner Hose nach dem Taschentuch.
Die Freunde legten ihre Hände übereinander: "One for all and all for one", riefen sie und Goldwin zog das Taschentuch weg.
Der Wahlspruch der drei Musketiere hatte nie besser gepasst als in diesem Augenblick.
An Schlafen war in dieser Nacht nicht zu denken. Die drei Freunde redeten sich den Mund fusselig. Ein ums

andere Mal wurden sie gebeten, das geheimnisvolle Erscheinen des Schlüssels und des Hohlraums in der Wand zu demonstrieren, in dem sich die Schatulle befunden hatte.

Als Ben, Darren und Goldwin sich viel später auf dem Himmelbett Charles I. zusammensetzten, begann es bereits zu dämmern. Die Vorhänge standen offen und Ben deutete zum Turm hinüber.

"I'm glad we locked the door to the tower", meinte er lachend in Erinnerung an die letzte Nacht und Lady Janes Ausflug.

Goldwin schnappte plötzlich nach Luft. "Look, over there!", sagte er und gestikulierte aufgeregt.

"Oh no, not again", stöhnte Ben und verzog das Gesicht. "It isn't even a full moon tonight."

"There's no full moon and no Lady Jane", rief Goldwin. "Sir Frederick is up there."

Eine halbe Minute lang war der Duke of Esher noch in seiner vollen Größe zu sehen. Der Geist trug wie beim letzten Mal seine Pluderhosen, das Wams und den Schwertgürtel. Er deutete eine Verbeugung in ihre Richtung an und seine Hand hob sich zu einem abschließenden Gruß, als wüsste er genau, wer ihn gerade beobachtete. Im nächsten Augenblick löste sich die Gestalt vor ihren Augen auf.

Farewell!
Leb wohl!
to witness sth
Zeuge von etw sein
final
letzte

"**Farewell**, Sir Frederick", sagte Ben fast ein bisschen wehmütig. "I guess we**'ve** just **witnessed** his **final** moments at Caedmon Castle."

Weder Goldwin noch Darren brauchten zu fragen, was genau er meinte. Sie hatten es alle gehört – nicht akustisch, da war rein gar nichts zu hören gewesen, doch in ihren Köpfen sprach eine Stimme deutlich von ***release*** …

Nur einen Tag später wussten ganz England und womöglich auch der Rest der Welt, womit Goldwin, Ben und Darren ihre Ferien verbracht hatten.

Maja Nellson strahlte übers ganze Gesicht, unterm Arm die auflagenstärkste englische Tageszeitung. "The phone is ringing non-stop. Youngsters, **I'm** almost **tempted to** be annoyed with you", meinte sie, doch ihr entspannter Ausdruck besagte das Gegenteil. "Everybody wants to know about the diamond. I bet lots of journalists will want to interview you."

"*The Incredible* ***Return*** *of the Laval Diamond*", titelte der Daily Telegraph und servierte seinen Lesern die komplette Geschichte, in der auch ein Gespenst und ein uraltes Rätsel eine Rolle spielten.

Goldwin übernahm das Vorlesen. Die Redaktion musste einen Tipp bekommen haben, und zwar einen echt heißen, denn in dem Artikel stand einfach alles.

"It must have been someone from the castle", sagte Ben. "Who could it be? I guess …"

Aber Goldwin unterbrach ihn. "**Who cares**? Are you sure you don't mind that you didn't get an exclusive

release Erlösung
to be tempted to do sth versucht sein, etw zu tun
return Rückkehr
Who cares? Wen interessiert's?

Not at all. Kein bisschen.
throughout the year das ganze Jahr über
haunted house Spukhaus
detective agency Detektei
to begin with erst einmal

interview with Sir Frederick for the school magazine?"

"**Not at all**", antwortete Ben. "My article will be great even without that interview." Er grinste und breitete die Arme aus. "We'll be famous!"

Darren fand so ein bisschen Berühmtheit gar nicht übel. Das machte ihn zwar nicht größer, aber Berühmtheit war schließlich auch eine Form von Größe.

"We're already famous." Goldwin deutete auf die Zeitung und ihre Namen.

Aber Ben spann den Gedanken weiter. "We've got a lot of free time **throughout the year**." Goldwin und Darren warteten gespannt auf das, was jetzt kommen würde. "And I'm sure we can discover a few more **haunted houses**, or places or people who are cursed. They're all waiting for us, chaps! Darren said *we solve every riddle* and Goldwin's dad called us *detectives*. So how do you feel about having a **detective agency**? *Lorimer, Bergmann & Nellson – We solve every riddle* ..."

"Um", machte Darren und Goldwin reagierte mit einem "Okaaay", doch ihre Gesichter vermeldeten schlicht: *great!*

"Anyway, **to begin with**, I'd like to investigate the underground passage", sagte Ben, der unbedingt wissen wollte, wohin dieser Gang führte, und vor allem, was einen dort erwartete. "I'm sure King Charles used it when he wanted to come and go without anyone knowing."

Darren schnaufte vernehmlich.
"The passage might lead to *Caedmon Forest* outside the grounds of the castle. We should definitely investigate it – after all, there's still a week left before we return to school."
Goldwins Vorschlag brachte ihm zustimmendes Gemurmel von Ben ein.
"Darren, are you sure there was nothing interesting down there in the hole?", wollte Ben wissen. "Which direction did the passage lead?"
Darren grinste und hob die leeren Hände. "Sorry, for *that* information you'll have to **consult** the **rat commander**!"

to consult sb
jdn zu Rate ziehen

rat commander
Rattenboss